FANTASY FRONTIER SPIRIT
이성현 판타지 장편 소설

불멸의 대마법사

ARCHIMAGE OF
IMMORTAL

불멸의 대마법사 4

이성현 판타지 장편 소설

초판 1쇄 찍은 날 § 2011년 12월 14일
초판 1쇄 펴낸 날 § 2011년 12월 21일

지은이 § 이성현
펴낸이 § 서경석

편집부장 § 권태완
편집책임 § 박우진

펴낸곳 § 도서출판 청어람
등록번호 § 제1081-1-89호
등록일자 § 1999. 5. 31
어람번호 § 제1-1305호

주소 § 경기도 부천시 원미구 심곡2동 163-2 서경B/D 3F (우) 420-822
전화 § 032-656-4452 팩스 § 032-656-4453
http://www.chungeoram.com
E-mail § chungeoram@chungeoram.com

ISBN 978-89-251-2714-9 04810
ISBN 978-89-251-2640-1 (세트)

4

Retake

이성현 판타지 장편 소설

불멸의 대마법사

FANTASY FRONTIER SPIRIT

ARCHIMAGE OF IMMORTAL

도서출판
청어람

CONTENTS

Chapter 29

옛 추억과 함께

1

베르시아 신성력 1375년 8월 2일.

드넓은 벌판 위에 불길이 활활 피어오르고 있었다.

반 제국 동맹의 중요 세력 중 하나인 발렌시아 왕국군과 크
루디아 제국군이 처절한 혈투를 벌이고 있는 베르딩 벌판은
아비규환 그 자체였다. 보병들의 근접전으로 시작된 전투는
각 진영의 마법사들이 총동원되어 마법전의 양상으로 전개되
었다. 불에 타 시커멓게 되어버린 시체에서 풍기는 악취, 날
카로운 바람에 팔다리가 모두 잘려 나간 이들의 비명 소리,

그리고 거대한 얼음에 갇혀 버린 병사들의 침묵은 전쟁의 잔혹함을 여과없이 드러냈다.

서로 뒤엉켜 혼전의 양상에 접어든 전투는 그 어느 쪽의 승리도 점치기 힘들게 변해 버렸다. 확실한 것 하나는, 이 전투에서 살아남는 자보다 벌판에 쓰러진 시체의 수가 훨씬 더 많을 거라는 사실이었다.

「헉, 헉…….」

발렌시아 왕국의 왕자 쥴리앙은 정면으로 두 팔을 내밀고서 거칠게 숨을 내쉬었다. 그가 구사했던 마법 덕분에 쥴리앙을 알아보고 돌진한 크루디아 제국의 기사 10여 명이 새까만 숯이 되어버렸다.

「전하! 더 이상은 무리입니다!」

「포위망이 더 굳건해지기 전에 탈출해야 합니다!」

발렌시아의 왕자가 매번 전투에, 그것도 선두에 나서서 싸운다는 정보를 입수한 제국군 측은 일부러 그를 놔두고 주변 병력을 초토화시켰다. 왕족만큼 포로로서의 가치를 지닌 이는 거의 없다. 발렌시아 왕국군을 잠시나마 물러서게 만들 수 있고, 막대한 보상금을 요구하는 선택지를 택할 수도 있다.

「탈출하기엔 너무 늦었소.」

쥴리앙은 내밀었던 두 팔을 거두어 들이더니 오른손을 얼굴 앞에 가져갔다. 마나는 물론 체력까지 거의 바닥나 주먹을 쥐는 것조차 힘에 겨웠다.

그는 몸을 돌려 뒤를 바라보았다.

쥴리앙을 보호하던 300명의 병사 중 살아남은 이들은 고작 열 명에 불과했다. 게다가 그들 중 부상을 입지 않은 이들은 거의 없었다. 그들에게 필요한 깃은 후퇴이지 투혼이 아니었다.

「더 이상 마법을 쓸 수 없겠군.」

그만을 노리고 덤벼든 탓에 쥴리앙의 몸에 남아 있는 마나는 거의 바닥났다. 그는 뭔가 결심한 표정을 짓고선 오른손을 강하게 주먹 쥐었다.

「내가 막고 버티는 동안, 그대들은 재빨리 후퇴하도록.」

「쥴리앙 전하!」

「난 포로로 잡힐 수라도 있지만, 그대들은 그런 것도 없이 죽을 가능성이 크다오. 그러니 망설이지 말고 도망치도록.」

그는 입가에 희미한 미소를 머금고선 부하들의 얼굴을 하나하나 확인했다. 여성이 반 이상을 차지하고 있는 이유는 순전히 그의 '취향' 때문이기도 했다.

「난 아름다운 여성들이 혹시라도 험한 일을 겪게 놔둘 수 없소. 그러니…….」

쥴리앙은 오른손을 크게 휘저으며 부하들에게 후퇴를 지시했다. 하지만 단 한 명도 자리를 뜨는 이는 없었다. 남자는 물론 여자들까지도.

축 처져 있던 부하들이 하나둘씩 몸을 일으켰다. 그리고 쥴리앙을 원 모양으로 감싸는 호위망을 형성했다.

「이 전투는 우리의 패배야! 더 이상 나에게 충성심을 보일 필요는 없소!」

쥴리앙은 부하들의 눈빛에서 죽음조차 두려워하지 않는 용맹함을 확인했다. 하지만 패색이 짙은 전투에서 용기란 죽음으로 향하는 지름길에 불과하다.

「전하, 저희들이 고작 충성심 때문에 이런다고 생각하시면 섭섭합니다.」

쥴리앙의 부관이자 오러 유저인 셀리나가 살짝 웃으며 땅바닥에 떨어진 검을 주워 들었다. 왼쪽 어깨와 허리, 그리고 허벅지에 화살이 박혔음에도 그녀의 의지는 결코 꺾이지 않았다.

「저를 후궁으로 맞아들인다고 하셨던 말, 거짓말이었나요?」

셀리나의 말에 다른 여성들의 눈매가 가늘고 날카롭게 변했다. 쥴리앙은 입을 뻐끔거리기만 할 뿐 목소리를 낼 수 없었다.

「어머나, 저에게 했던 말을 셀리나에게도 똑같이 하셨군요?」

「베, 벨루아. 그건 말이지…….」

그의 경호원 중 한 명인 마법사 벨루아는 새침한 얼굴로 어깨에 묻은 흙을 털어냈다. 굳어버린 피딱지가 가루가 되어 먼지와 함께 아래로 떨어졌다.

「분명히 포로가 되시면 제국군 어장교에게 작업을 거실 게 뻔히 보이니, 그걸 막기 위해서라도 쓰러질 수 없답니다.」

「동감이야, 코제트. 발렌시아가 아닌 제국 출신의 후궁이 들어오는 걸 두 눈 뜨고 보고만 있을 수 없지.」

「하아……. 이런 식으로 죽기는 싫은데, 어쩔 수 없네.」

뒤이어 코제트, 멜, 트리티나가 각자의 무기를 집어 들고 두 다리로 섰다. 쥴리앙을 한 번 째려본 뒤에 서로를 바라보며 가볍게 웃었다.

가벼운 행실의 남자이지만, 똑같은 패턴의 대화로 여성의 호감을 사려 하는 바람둥이지만, 그녀들은 쥴리앙을 미워할 수 없었다. 반대로 어떤 방법을 쓰든 간에 그를 구출해야겠다는 신념만이 가슴속에 자리 잡았다.

「자, 쥴리앙 전하! 저희들이 최대한 시간을 벌 테니 별 볼일 없는 남자들과 함께 후퇴하십시오!」

별 볼일 없다는 수식어에 쥴리앙을 경호하던 남자들이 발끈하며 들고 일어섰다.

「무슨 소리야? 우리들이 도망칠 거 같아?」

「난 발렌시아의 남자라고! 여자에게 빚지고는 죽지도 못해!」

가라앉았던 분위기는 어느새 사라지고 어떤 일이 있어도 쥴리앙 왕자만큼은 탈출시키겠다는 의지가 그들을 사로잡았다.

「잠깐, 뭔가 이상해.」

조금 전까지 강렬한 빛을 발하던 태양이 어둠에 가려 모습을 감추었다. 푸른 하늘 대신 모여든 회색 구름이 우중충한 분위기를 자아냈다.

갑작스러운 기상 변화에 쥴리앙과 그의 부하들이 당황하는 사이, 제국군 진영으로부터 수백 명의 병력이 다가오고 있었다.

「전하! 지금이라도 늦지 않았습니다! 저희들에게 맡기시고 후퇴하십시오!」

「그리 오래 버틸 수 없을 것 같습니다. 전하! 제발!」

부하들의 독촉에도 쥴리앙은 자리를 뜨지 않았다. 냉정히 판단하면 지금이라도 빨리 도망가는 게 최적의 방책이지만 자신을 지킨다는 명분하에 부하들이 죽어나가는 모습은 절대 보고 싶지 않았다.

그의 갈등이 극에 달했을 때, 전혀 기대하지 않았던 일이 일어났다.

점점 다가오는 제국군 병사들과 쥴리앙 일행 사이에 거대한 마법진이 그려지더니 허공에 떠올랐다.

순간 제국군 병사들은 전진을 멈추고 고개를 들어 머리 위를 쳐다보았다. 어두컴컴해진 하늘 위에 모여든 구름이 제국군 진영 위에 불길한 기운을 드리우고 있었다.

「마법진이… 세 개?」

쥴리앙은 거대한 마법진 위에 연달아 두 개의 마법진이 떠올랐다가 가라앉는 걸 두 눈으로 확인했다. 서클 5 이상의 마법이 시현됨을 알리는 마법진이 거의 동시에 세 개가 형성된 경우는 그가 본 마법 관련 서적 중 어떤 페이지에도 기록된 적이 없었다.

마법진 한가운데에 서 있는 남자는 미소를 머금고서 오른팔을 위로 들어 올렸다. 그리고 손가락을 튕겨 소리를 냈다.

구름이 서로 뭉치더니 회색을 띤 거대한 드래곤의 형상으로 바뀌었다. 드래곤의 거대한 입이 벌어지더니 아래에 있는 제국군 병사들을 향했다.

「이 주문은 설마… 썬더 드레이크(Thunder Drake)?」

쫘르릉!

드래곤의 입에서 뿜어져 나온 번개가 제국군을 향해 퍼부어졌다. 제국군 병사들은 웅장한 천둥 소리에 고막이 터지고, 번개에 맞아 새까맣게 타버렸다. 번쩍거리는 번개가 스무 번

넘게 지상에 작렬한 후, 제국군 병사들 중 두 발로 서 있는 이는 아무도 없었다. 줄리앙을 사로잡아 포상을 기대했던 제국군 병사들은 번개에 타들어가는 고통 속에서 신음 소리만을 내뱉었다.

「이건 기적인가?」

죽음까지 각오했던 줄리앙의 부하들은 전혀 예상 못한 결과에 어안이 벙벙했다. 그 '기적'을 연출한 남자는 줄리앙 쪽을 바라보더니 고개를 끄덕렸다.

그리고 줄리앙의 옆에 모습을 나타냈다. 로브 차림에 검은색 머리카락, 그리고 고집스러운 얼굴은 부대 내에서 봤던 인물임이 분명했다.

「전하, 무사하셨군요.」

「제, 제이워드! 살아 있었구려!」

줄리앙은 제이워드의 양 어깨를 붙들고 두 눈을 크게 떴다. 전투 중반 무렵 제국군 진영 한가운데로 그가 파고든 이후 모습을 감추었기에 십중팔구 제이워드가 죽었다고 생각했다.

「도대체 어떻게 한 것이오?」

「뭘 말입니까?」

「난 분명히 봤소. 그대가 구현한 마법진이 하나도 아닌, 두 개도 아닌, 무려 세 개가 연달아 겹쳐졌다는 사실을! 도대체 어떻게 한 것이오?」

줄리앙의 질문에 제이워드는 어깨를 으쓱거렸다.

「별거 아닙니다. 더블 캐스팅을 연습하는 도중에 하나 더 구현할 수 있지 않을까 해서 시도해 본 것인데, 운 좋게 성공했습니다.」

「우, 운 좋게?」

「룬 문자를 표현할 수 있는 수단은 입과 손뿐만이 아니죠.」

제이워드는 오른손 검지로 자신의 머리를 툭툭 건드렸다.

하지만 줄리앙을 포함한 다른 마법사들은 제이워드를 경악에 찬 눈으로 바라볼 뿐이었다. 입으로 룬 문자를 읊더라도 먼저 머리로 생각하고 난 뒤에 말하는 게 정상이다. 그 과정을 각자 따로 분리시켜 손과 입, 머리로 각기 다른 마법을 구현한다는 건 거의 불가능하기에.

그것보다 더 이해할 수 없는 부분은 제국군에 완전히 포위되었을 제이워드의 생존이다. 그가 현 부대 내 가장 뛰어난 마법사라 하여도 혼자서 300여 명의 적 병사를 헤치고 나오는 건 불가능하다.

「난 그대가 죽은 줄로만 알았소. 그런데 어떻게 그 포위망을 뚫고…….」

줄리앙의 말이 끝나기도 전에 제이워드는 가볍게 피식 웃으면서 뒤를 돌아보았다. 고위 마법 썬더 드레이크에 전멸당한 제국군 진영을 노려보는 그의 시선에는 그 어떤 것도 막아설 수 없는 강렬한 의지가 느껴졌다.

「교훈을 얻은 덕분입니다.」

전황을 뒤집기 위해 굴지의 요새 보르가이나 성을 점령하기 위한 전투가 처절한 패배로 끝난 지 벌써 1년이란 시간이 흘렀다. 당시 원래 부대에서 차출돼 전투에 참여했던 제이워드는 자신의 부족함을 절실히 깨닫고 실력을 키우고 닦는 데 전념했다. 예전처럼 그저 분노에만 몸을 맡기고 달려드는 방식보다 냉정하게 상황을 판단하고 싸우는 쪽으로 조금씩 방향을 바꾸었다. 물론 제국에 대한 분노 자체는 조금도 사그라들지 않았다.

그런 제이워드가 지금으로부터 한 달 전, 새로운 힘에 눈을 떴다. 그리고 그 힘을 모두의 앞에서 증명해 보였다.

「제이워드, 그대는 불사신이라도 된단 말이오? 정말로 놀랍소!」

「전 불멸입니다. 원하는 걸 이루기 전까진 절대 죽을 수 없습니다.」

                    *   *   *

"있을 수 없어."

쥴리앙은 자신의 귀를 의심했다.

지금으로부터 20여 년 전, 탈출을 포기하고 절망에 빠졌을 당시에 들었던 말과 똑같기 때문이다.

"그대가 정말로, 죽은 제이워드란 말이오?"

"죽긴 왜 죽어?"

특유의 날카루우면서 틱틱거리는 말투.

한 나라의 왕인 자신 앞에서도 전혀 꿀리지 않는 당당한 태도.

쥴리앙이 알고 있는 한, 제이워드 외의 사람은 떠오르지 않았다. 하지만 그는 1년 전 죽어 사라진 이였다.

"그러면 한 가지 물어보도록 하겠소."

심증은 거의 제이워드가 맞다고 굳어졌지만, 죽은 이가 살아돌아왔다고 믿기엔 아직 부족했다. 쥴리앙은 제이워드와 함께 했던 기억을 찬찬히 떠올리며 단둘만이 기억할 추억을 끄집어내려고 노력했다. 그러나 제이워드가 워낙 유명한 인물인지라 남들에게 알려지지 않은 내용을 찾기란 그리 쉽지 않았다.

'진짜 이 정체불명의 남자가 제이워드가 맞다면, 한 번 보거나 들은 거라 해도 반드시 기억할 거야. 부끄러운 기억이긴 해도 이걸 물어보는 수밖에 없어.'

쥴리앙은 헛기침을 몇 번 한 뒤 검은색 철가면으로 얼굴을 가린 레이지를 바라보았다. 왠지 모르게 가면 너머로 가려진 얼굴 표정이 뭔지 대충 짐작되었다.

"그대가 나와 우정을 나누었던 전우 제이워드가 맞다면 당시 나를 거쳐 갔던 여인들의 이름을 모를 리 없을 터. 순서대로 말해보시오."

"여자 이름? 너답긴 하군."

"단, 당시 나의 측근이었던 여성들을 제외하고 말이오. 엘리스부터 시작하도록 하시오."

"엘리스는 무슨. 그런 이름의 여자가 부대 내에 있지도 않았잖아."

"……."

레이지의 지적에 줄리앙의 표정은 굳어졌다.

그는 양손을 앞으로 내밀더니 열 손가락을 모두 폈다.

"정 그러면 베르나 이후로 대볼까? 다레안, 켈릭시아, 코르디아, 제이나……."

왼손 엄지부터 차례대로 손가락이 접히면서 줄리앙이 거쳐 갔던 여성들의 이름이 담담한 어조로 나열되었다. 어느새 펼쳐졌던 손가락 대신 굳게 쥐어진 두 주먹이 남았음에도 레이지의 입은 계속 말하고 있었다.

"…데릴라, 레이나, 케니, 벨루아… 는 원래 타부대 소속이었는데 네가 경호분대로 소속시켜 버렸지. 그리고 또……."

"그만, 그만!"

줄리앙은 고개를 좌우로 크게 가로저으며 소리를 질렀다.

가슴이 두근거리며 호흡이 가빠졌다. 그는 숙였던 고개를 천천히 들면서 태연히 의자 위에 앉아 있는 레이지를 응시했다.

가면에 얼굴을 가리고 있어도, 인위적으로 변조되었음이 뻔한 거친 목소리임에도 줄리앙이 들은 내용은 상대방이 제이워드라는 걸 명확하게 나타내고 있었다.

"진짜로… 제이워드가 맞구려."

기쁨보다는 뭔가 허탈함이 줄리앙을 사로잡았다.

제이워드가 죽었다는 소식을 접했을 때, 다시 한 번 제대로 알아보고 오라는 지시를 내렸다. 제이워드와 같이 시간을 보낸 이들이라면 다들 줄리앙처럼 행동했을 것이다.

진짜 죽었다는 걸 알았을 때에도 마음속 한구석에 의구심이 자리 잡더니 떠날 줄 몰랐다. 하지만 이런 식으로 생뚱맞게 돌아올 줄은 전혀 예상하지 못했다.

"그나저나 말투가 왜 그래? 도저히 적응이 안 된다. 그거 못 고치냐?"

"어……."

제이워드, 즉 레이지의 핀잔에 줄리앙은 입을 벌리고 말을 잇지 못했다. 그러더니 가볍게 웃으면서 뒤통수를 긁었다.

"그야 왕이니까 위엄을 갖춰야 하잖아. 예전에 만났을 적에도 그거 가지고 트집 잡더니만. 내 처지도 좀 이해해 줘라."

"이젠 좀 났군."

레이지는 얼굴에 쓰고 있는 가면을 어루만지며 만족한 표정을 지었다. 물론 가려져 있어서 쥴리앙에게 보이지 않았지만, 어투만으로도 어떤 기분인지 충분히 알 수 있었다.

"가면은 왜 쓰고 있는 거냐?"

"사정이 있어. 남들 앞에서 얼굴을 보일 입장이 아니야."

"화상이라도 입은 거야? 아니면 흉터라도 생겼다던가. 무슨 일이 있었던 건 확실하지?"

"그래, 그런 일이 있었어."

레이지의 어조가 가라앉자 쥴리앙의 눈매가 날카롭게 변했다. 순간 제이워드가 아닌 가짜가 사칭하는 것일지도 모른다는 의심이 들었지만 이내 머릿속에서 지웠다. 제이워드와 쥴리앙 단둘만이 알고 있는 사실을 자연스럽게 술술 읊을 인간은 없다.

왕이 되기 전 같이 제국군과 싸웠을 때, 부대 내에서 사생활적으로 많은 이야기가 오갔지만 제이워드는 쥴리앙이 사귀었던 여자에 대해서 단 한 마디도 퍼뜨리지 않았다. 자신은 물론 남의 사생활에 대해서 말하는 거 자체를 보지 못했다.

유일하게 제이워드가 스스로에 대해 밝힌 것은, 이미 고인이 된 스승 샤를로트에 대한 것뿐이었다.

"하지만, 친구인 네녀석 앞에서까지 가릴 필요는 없겠지."

레이지는 머리 뒤로 손을 돌려 가면을 지탱하고 있던 가죽 끈의 매듭을 풀었다.

"너무 놀라진 마라."

레이지의 말이 끝나자 철가면이 바닥에 툭 떨어졌다. 줄리앙의 눈이 휘둥그래지더니 벌벌 떠는 오른손으로 레이지의 얼굴을 가리켰다.

"너… 진짜 제이워드 맞아?"

2

예상했던, 끔찍한 화상 자국이나 길게 이어져 있는 흉터는 보이지 않았다. 말끔한 10대 후반 소년의 얼굴이 줄리앙을 바라보며 살며시 미소짓고 있었다.

그게 문제였다. 줄리앙이 알고 있는 제이워드는 자신과 비슷한 나이의, 40대 중반을 향해 가고 있는 중년 남성이어야 했다.

"야, 역시 넌 대마법사 맞구나. 이렇게 젊게 변하는 마법도 익힌 거냐? 얼굴만 봐도 한 30년은 훌쩍 젊어진 거 같다."

"그건 아크메이지일 때도 힘들어. 지금 내 마나를 봐."

매직 유저이기도 한 쥴리앙은 두 눈을 감더니, 레이지의 몸에 머물고 있는 마나량을 판별했다. 그리고 깜짝 놀라며 두 눈을 떴다.

"서클 3? 뭐가 어떻게 된 거야?"

죽은 줄만 알았던 옛 친구를 만났다는 반가움은 순식간에 분노로 바뀌었다. '제이워드' 라는 이름만큼은 절대 사칭해서는 안 되는 것이었기에.

"넌 누구지?"

"제이워드."

"왜 제이워드의 이름을 빌려서 내 앞에 나타난 것이냐! 무슨 목적으로 나에게 접근한 거지? 진짜 제이워드는 어디에 있는 것이오!"

워낙 흥분한 탓인지 쥴리앙의 말투가 원래대로 돌아가 버렸다. 소리가 새어 나가지 못하게 마법을 걸어놓은 덕분에 쥴리앙의 고함 소리에도 침실 밖에서 경비를 서고 있는 경비병들의 귀에는 고요함만이 이어졌다.

"쥴리앙, 진정해."

레이지는 침착함을 잃지 않았다. 어차피 이런 반응이 나올 거라고 충분히 예상되었기 때문이다.

"아까 열거한 네 여자들 이름 말고도 너와 나만이 알고 있을 사실들을 지겹다고 할 때까지 말할 수 있어. 그래도 괜찮겠냐?"

쥴리앙과 함께하던 시절의, 단둘만이 기억할 만한 내용을
계속 열거하는 수밖에 없었다.

"우선 저기에 앉아서 내가 하는 말을 듣고 있기만 해. 그것
도 싫다면 지금 방문을 열고 경비병을 부르든지 맘대로 해."

레이지는 침대를 가리키며 가볍게 미소 지었다.

'저 웃음만큼은 제이워드일 때와 똑같은데……. 뭐가 뭔지
모르겠어.'

쥴리앙은 레이지를 경계하면서 조심스럽게 침대 위에 걸
터앉았다. 서로 마주 본 상태에서 레이지는 쥴리앙과 함께했
던 때의 이야기를 천천히 늘어놓았다.

담담한 얼굴로 옛 추억을 차근차근 이야기하는 레이지와
달리, 단지 듣는 것만으로도 쥴리앙의 표정이 시시각각으로
바뀌었다.

"…그 이후로 너는 항상 나에게 다음에는 지지 않는다고
얼토당토않은 장담만 늘어놨지. 그래서 언젠가는……."

쥴리앙은 손을 내밀며 말을 중단시켰다.

"됐어. 그 정도면 충분해, 제이워드."

"이제야 믿어주는 거로군."

"넌 기억력 하나만큼은 그 누구보다 탁월했지. 내가 진짜
노력했다면 다른 것에는 다 이길 수 있어도 기억력에서는 이

길 엄두가 나지 않았어."

아직 왕이 되기 전 왕자였을 때의 이야기를 들어서였을까, 추억에 잠긴 줄리앙의 눈동자는 살짝 젖어 있었다. 여성들과 염문을 뿌리며 골칫거리로 낙인찍히긴 했어도, 생사를 넘나드는 전투 속에서 소중한 전우들을 만나고 떠나보냈다.

비록 외견은 완전히 달라져 버렸지만, 줄리앙의 눈에 비친 레이지는 더 이상 처음 보는 소년이 아니었다.

"이게 꿈은 아니겠지?"

"볼이라도 꼬집어줄까?"

"다행이야! 네가 죽지 않고 살아 있다는 게 정말로… 다행이야!"

줄리앙은 벌떡 일어서더니 레이지를 덥석 껴안았다. 당장에라도 터질 듯한 눈물을 참기 위해서인지 줄리앙의 얼굴은 요상하게 일그러져 있었다.

"진작에 나에게 알려줄 것이지! 난 진짜 네가 죽어서 사라진 줄 알고 얼마나 슬퍼했는지 알아?"

"죽지 않은 건 아니야."

줄리앙의 표정이 일순간 굳더니 레이지의 어깨를 붙들고선 그의 얼굴을 정면으로 바라보았다.

"무슨 소리야?"

"죽긴 했어, 한 번."

"뭐?"

"그것도 동료의 손에 의해서 말이지."

레이지는 탁자 모서리에 오른손을 가져갔다. 우드득 하는 소리와 함께 오러에 감싸인 손아귀에 뜯겨 나간 탁자 모서리가 카펫트 위에 툭 떨어졌다.

"나르디안 A. 모르올."

"나르디안 경? 케이서스 공화국의 여성 그랜드 마스터?"

제이워드가 이렇게 젊은 몸으로 돌아왔다는 걸 겨우 받아들인 시점에, 그보다 더 충격적인 사실을 듣게 되자 줄리앙의 머릿속은 혼란에 빠져 버렸다.

"믿기지 않아. 마지막까지 너와 함께 제국과 싸웠던 나르디안 경이 그럴 리가……."

"명백한 사실이야."

레이지는 그녀의 이름이 언급될 때마다 분노가 치밀어 올랐다. 마음 같아서는 지금이라도 당장 그녀를 찾아내 똑같은 식으로 되돌려 주고 싶었다. 두 눈을 감고 천천히 숨을 고르면서 레이지는 홍분을 가라앉혔다.

"한 번 죽었음에도 어떻게 다시 살아났는지 궁금하겠지?"

"진짜 죽기는 한 거야? 네가 제이워드라는 건 알겠지만 어떻게 되살아났는지 모르겠어. 아니, 애초에 말이 안 되잖아?"

"말이 되게 하는 마법이 있지. 서클 0의 마법에 대해서 알고 있어?"

"서클 0? 7도 아니고 0이라니?"

"고대 문명의 유산이지. 솔직히 나도 완전히 믿은 건 아니야. 써보기 전까진 실제로 성공할지 장담할 수 없었거든."

한창 나이엔 매직 유저로 활약했던 쥴리앙의 귀에도 서클 0의 존재는 생소했다. 제이워드를 비롯한 극소수의 마법사들만이 알고 있었고, 실제 발견되어 사용된 사례가 역사서에 공식으로 기록된 적은 없었다.

"정말로 믿기 힘든 마법이로군. 고대의 마법은 그렇게까지나 발달했단 말이야?"

"시간이 좀 걸리겠지만 대충이라도 설명해 줄까?"

"아서라. 서클 5의 마법식을 해석하려고 바둥거리던 내 머리가 어떻게 서클 0을 이해하겠냐? 네가 그러면 그러려니 하고 받아들일게."

쥴리앙은 눈앞에 있는 소년이 제이워드라고 확신한 이상 의심을 가지는 건 의미가 없다고 판단했다. 대신 지금 어떤 상황이며 무엇을 목적으로 자신의 앞에 나타났는지에 대해 궁금해졌다.

"그러면 예전 제이워드라는 이름을 버리고 완전히 새로 태어난 거지?"

"아, 설명이 좀 부족했군. 영혼만 원래 육체를 떠나 지금이 몸에 정착한 거야. 지금 이 육체의 이름은 레이지, 레이지 크로이덴이지. 소드 마스터가 두 명이나 현존하는 가문 차남이었더군. 길레터 왕국에서 나름 알려진 가문이라는데 넌 알고 있냐?"

"크로이덴가? 그런 명문가 출신의 아들의 몸으로 들어간 거라고?"

"그래. 널 만나러 가던 중 네 녀석 아들의 초청을 받아 왕궁으로 들어왔어."

"오를레앙의? 어, 그러면 너 혹시 그 길레터 왕국에서 왔다는 마리에타 양의 피앙세가……."

"피앙세는 무슨. 그것보단 너 세월이 흘러도 여자만 기억하는 버릇은 여전하구나."

돌연 줄리앙은 레이지의 멱살을 붙들었다. 갑작스러운 태도 변화에 레이지는 깜짝 놀랐지만, 뒤이어 줄리앙의 표정이 묘하게 변하면서 부러워하는 눈치를 보이자 피식 웃었다.

"이 자식! 그 마리에타라는 아가씨 열여덟 살이라며! 나와 같은 40대 주제에 저렇게 어리고 아름다운 아가씨와 새 인생을 사는 거냐! 양심에 찔리지도 않아?"

"이 육체 말이지, 솔직히 말한다면 여러 부분에서 아쉬워. 오러를 익힐 수 있다는 건 꽤 높은 메리트지만 마나량이 너무 적어서 예전처럼 강력한 마법은 무리라고. 억지로 기억상실

중인 척하는 것도 고충이 심했다고."

"그게 뭐가 문제야? 젊음을 얻었잖아! 너, 내 나이 되면 어떻게 되는지 잘 알 거 아냐? 예전처럼 오래 가지도 못하고……. 아오, 부러워서 미치겠네!"

쥴리앙은 잔에 따르지 않고 와인을 병째로 들이켰다. 순식간에 한 병을 비워 버린 쥴리앙은 길게 트림을 한 뒤에 달아오른 뺨을 양손으로 탁탁 두들겼다.

"너 방금 전까지 내가 살아 있는 걸 그렇게 기뻐했던 주제에, 지금 눈빛은 영 딴판이다?"

"그건 그거고 이건 이거야!"

이를 갈며 자신을 노려보는 쥴리앙을 보자 심각한 이야기가 오갔다는 게 거짓말처럼 느껴졌다.

레이지는 자리에서 일어선 뒤 창문 쪽으로 걸어갔다. 어두운 하늘 위에 떠 있는 별을 바라보면서 벽에 손을 가져갔다.

'앞으로 30분 정도, 소리가 밖으로 새어 나가지 않도록 걸어둔 마법이 유지되겠군.'

더 높은 서클의 마법으로 걸면 하루 종일 소리가 새어 나가지 않도록 공간을 폐쇄시킬 수 있지만, 그럴 경우 왕궁 내 여기저기에 설치된 탐지 장치에 발각될 가능성이 높다.

'막바로 본론에 들어가기보단 그동안 쌓아둔 이야기라도 하는 게 좋겠지.'

아무리 전우라 해도 자신의 용건만 밝히고 떠나가기엔 뭔가 꺼림칙했다. 레이지가 아닌 '제이워드'의 몸으로 마지막 만났을 당시 사무적인 태도로 나섰던 자신을 뭔가 안타까운 눈으로 바라보던 줄리앙의 눈빛이 생생히 기억났다.

3

"줄리앙, 요즘 건강은 어때?"

레이지의 질문에 줄리앙은 인상을 쓰면서 목 뒤를 어루만졌다.

"말도 마라. 40대에 들어서니까 몸이 예전 같지가 않아. 계속 왕좌에 앉아 있으려니 허리는 쑤시고, 어깨는 결리고, 목은 뻑적지근해져. 난 왕 오래할 생각은 없으니 몇 년 지나면 아들 녀석에게 물려줄 생각이다."

"아들? 네 아들이 한둘이 아닐 텐데? 한 스무 명 넘지 않냐?"

"오를레앙에게 물려줘야지. 빠릿빠릿한 녀석이라 나라를 잘 이끌어갈 거야."

레이지의 머릿속에서 장미꽃을 내밀며 느끼한 미소를 짓는 누군가의 얼굴이 떠올랐다.

"네 아들 녀석 직접 만나봤는데 여자 좋아하는 건 네 녀석

젊었을 때와 판박이더라."

"내 핏줄이라는 증거지 뭐."

"그런데 방식이 묘하게 다르다고 하던데?"

이건 개인적으로 줄리앙에게 꼭 물어보고 싶은 내용이었다. 여자를 밝힌다는 점에서 부자가 똑같았지만, 결정적인 차이점이 분명히 존재했다.

'줄리앙은 순수하게 여자 그 자체를 추구했지만, 아들인 오를레앙의 여성관은 뭔가 계산된 이미지를 강하게 풍겼어. 이야기를 몇 번 주고받다 보니 확연히 느껴졌거든.'

줄리앙은 한숨을 내쉬고선 탁자 위에 놓여 있던 와인잔을 집어 들었다.

"그건 다 내 탓이야."

그는 와인을 단숨에 비운 뒤 다시 한숨을 내쉬었다.

"비겁한 변명으로 들릴지 모르겠지만, 예전의 발렌시아는 지방 영주들의 세력이 너무나 거셌지. 그래서 택한 방법이 그들의 딸들을 부인으로 많이 들이는 거였어. 나야 뭐, 여자 좋아하니 당연히 그걸 받아들였지."

대륙 전쟁 당시 발렌시아가 반 제국 세력의 선봉장으로 섰던 이유는, 전쟁을 통해 더 많은 영토를 얻기 위한 영주들의 계산이 한몫을 했다. 하지만 전쟁이 20년 넘게 지속될 줄은 그들도 예상하지 못했다. 결과적으로 과반수가 넘는 발렌시아의 영주들이 전쟁 도중 사망했고, 왕권이 강화되는 방향으로 전개되었다.

"그러다 보니 자식과 부인들 사이의 권력 다툼이 끊이지 않을 수밖에. 결국 그 녀석의 어머니는 독살당했지."

레이지가 품었던 의구심 중 하나였던, 아들의 무사귀환을 축하하는 자리에 부자가 서로 떨어져 있어야 하는 이유가 밝혀졌다.

"아들과 사이가 안 좋은 거냐?"

"녀석은 날 경멸하고 있어. 그래서인지 여자를 좋아하는 피를 그대로 물려받았지만, 나와 다른 방식으로 추구하는 걸지도 몰라."

"동족혐오라는 이야기로군."

결혼은커녕 여자를 사귀어본 적 자체가 없는 레이지 입장으로선 머리로는 이해해도 감성으로는 받아들이기 힘들었다.

"분명히 말해두겠는데, 그렇게 된 건 순전히 네 탓이야. 예전에도 말했지만 여자 관계 복잡한 놈치고 마지막이 행복한 놈 못봤다. 모두 네가 뿌린 씨야. 나에게 동정받거나 위로받을 생각은 하지도 마. 내 성격 알잖아?"

"잘 알고 있어."

레이지의 지적에 쥴리앙은 고개를 끄덕거렸다. 그리고 와인병을 기울여 잔에 와인을 채웠다.

"그나저나 네가 죽었다고 알려진 이후, 칸나던가? 웬 마법사가 왕궁을 방문한 적이 있었어. 너 언제 제자를 키운 거냐?"

칸나라는 이름에 가면 너머로 가려진 레이지의 표정이 일그러졌다. 그는 창문가에 양손을 얹고서 강하게 움켜쥐었다. 오러 때문에 문틀에 금이 길게 이어졌다.

"그년, 내 제자 아니야."

"그래?"

"정확히 말하자면 제자였지. 하지만 야반도주한 년이 무슨 제자냐? 카르도니아 마법사 협회 인명록에서 진작에 삭제했어야 했는데 귀찮아서 안 했더니 지금 꽤 골치 아프게 되었어."

"넌 꼼꼼하면서도 의외로 엉뚱한 부분에서 허술했지. 차갑게 생각하면서도 뜨겁게 날뛰기도 했고."

"젊었을 때의 일이야. 지금은 달라. 젠장, 그년 이름 들으니까 화가 치밀어 올라서 주체할 수 없어."

"달라지긴 뭘……."

'대마법사'로 이름이 알려진 이후의 제이워드는 쥴리앙이 알고 있는 전우 제이워드와 여러 부분에서 달랐다. 차갑고 냉정하며 모든 일을 철저하게 계산하면서 행동하는 제이워드는 낯설기만 했다.

그에 반해 지금 죽은 줄로만 알았지만 살아서 나타난 제이워드는 친근한 느낌이 강하게 들었다.

"흐음, 이야기하다 보니 느낀 건데."

"뭘?"

"너 왠지 모르게 한창 성질머리 부리던 옛날로 돌아간 거 같다? 외모야 옮겨간 육체 때문이라고 쳐도 성격은 5년 전에 마지막으로 봤을 때에 비해 뭔가 투박한 느낌이야. 널 처음 만났던 게 대략 20년 전이지? 바로 그 시절이 연상돼."

"그래?"

"아니다. 그때보다 훨씬 더 거친 느낌이야."

레이지는 시선을 하늘에 두고서 '레이지'로 다시 살아난 이후 벌어졌던 일들을 하나씩 머릿속에서 정리했다.

줄리앙의 말대로 레이지의 행동은 대마법사 제이워드가 아닌, 줄리앙을 처음 만났을 당시, 정확히는 스승의 죽음 이후 복수를 결심했을 때의 풋내기 마법사 제이워드에 가까웠다.

'레이지가 된 이후 성격이 바뀐 게 아니라, 지금 나이대의 옛 성격으로 돌아간 건가?

사실 서클 '0'의 마법을 시전하긴 했어도, 그 마법 자체를 완전히 해석한 것은 아니었다. 현재 사용되지 않는 고대 룬

문자로 작성되었던 터라 해석 불가능한 부분도 엄연히 존재
했다.

제이워드였을 당시 서클 '0' 마법 영혼 전이 마법에 대해
해석한 부분은 절반 정도였다. 전 육체의 기억과 지식을 가지
고 새로운 육체의 영혼으로 들어갈 수 있다는 점, 원래 지녔
던 몸에서 능력 하나를 선택해서 가질 수 있다는 사실, 그리
고 새로운 육체 자체를 임의적으로 택할 수 없다는 것이 이에
해당한다.

'그렇다고 쳐도 지금 레이지의 육체는 18세. 제이워드였을
때 그 나이 대엔 상당히 거칠었지. 오죽하면 타 국가 부대로
전출될 정도였으니까.'

레이지가 된 이후 제이워드였다면 행하지 않았을 행동의
이유가 그의 머릿속에서 조금씩 짜맞춰지고 있었다.

'저 녀석과 헤어지기 전까지도 여전히 난폭하고 다혈질이
었어. 30대 중반이 되어서도 광견이라는 별명이 계속 꼬리표
처럼 따라 붙었으니까. 어, 대충 앞뒤가 들어맞긴 한데……'

물론 원래 레이지의 성격과 뒤섞였을 가능성도 남아 있었
다. 하지만 망나니 레이지는 거칠다기보다 찌질한 쪽에 가까
웠다는 걸 감안하면 앞서 생각한 경우가 훨씬 더 잘 들어맞았
다.

'설마 죽기 바로 직전의 제이워드 나이에 도달할 때까지

그 성격이 유지되는 건 아니겠지? 그러면 너무 곤란해.'

곰곰이 생각해 보니 30대 때엔 조금이나마 순해진 편이었다.

18세 때라면 스승의 죽음 이후 전쟁에 뛰어든 지 1년째 되던 나이다. 진짜 순수하게 복수에만 매달리며 행동하던 세이워드는 그 누구도 제어하기 힘들었다. 그런 당시의 그를 그나마 변호해 주었던 사람은 스승의 몇 안 되는 동료였던 호리스였다. 그가 사망한 뒤 제이워드는 발렌시아 왕국군으로 전출되었다.

당시 제이워드를 지배하던 감정은 복수와 다급함이었다. 조금이라도 더 빨리 강해지고자 하는 욕구는 자연스럽게 주변의 시선을 인식하지 않고 거칠거나 무모한 행동으로 표출되곤 했다.

'지금이야 한꺼번에 랭크와 서클이 3단계에 도달했으니 망정이지, 그때엔 좀처럼 서클이 올라가지 않아 엄청 다급해 했어. 게다가 조금이라도 더 빨리 스승의 복수를 해야 된다는 압박감이 더해져서 마구 날뛰었지.'

"제이워드?"

"아, 잠시 생각하던 게 있어서 그래."

레이지는 오른손으로 턱을 매만지면서 왼손 검지로 창가를 톡톡 두들겼다.

'젠장, 머리가 복잡해졌어. 차라리 어릴 때처럼 그냥 아무 생각 없이 행동할 수 있다면 속이라도 편하지, 사고방식은 40대인데 막상 행동 자체는 18세 때로 수정되려고 하니 귀찮아.'

제이워드의 고민과는 반대로, 줄리앙은 빈 와인잔을 매만지며 회상에 잠겼다.

"난 지금의 네가 더 마음에 들어. 젊었을 때를 떠올리게 만들거든."

왕이 된 이후 줄리앙은 더럽고 추잡한 정치다툼에서 빠져나오려고 발버둥 쳤다. 하지만 그런 노력과는 반대로 상황이 돌아가기만 했다.

본의 아니게 동생들과 친척을 사형대로 보내야 했고, 남을 믿기보다 의심해야 하는 처지는 그를 고독하게 만들었다.

여성을 그렇게 밝히던 성격조차 바뀌어 지쳐 가던 와중에 제이워드와의 만남은 그리운 과거로 돌아가게 하는 활력소였다.

하지만 만날 때마다 점차 차가워지는 제이워드에 줄리앙의 마음은 무거워지기만 했다.

"솔직히 5년 전에 널 만날 땐 뭔가 너답지 않았어. 차갑고 냉정하기만 하고."

"그게 원래 나야."

"내가 알고 있는 원래의 너는 지금의 너와 비슷해. 당시 네가 차갑기만 했다면 절대 같이 어울리지 않았을걸?"

멋도 모르고 맘에 드는 여자에게 들이대기만 했던 젊은 시절은 비록 제국과의 전쟁이라는 공포에도 불구하고 그리운 추억이었다. 앞뒤 가리지 않고 적 진영으로 돌파해 들어가는 제이워드를 따라서 무수한 위험을 겪기도 했지만, 살아 있음을 실감하기도 했다.

레이지는 고개를 뒤로 돌려 쥴리앙을 흘낏 쳐다보았다. 표정만 봐도 무슨 생각을 하는지 뻔히 보여 한마디 해줄까 했지만, 행복한 얼굴을 보자 생각을 바꾸었다.

"그때가 그립냐?"

"당연하지. 왕이라는 게 다 뭐냐? 대신들과 고리타분한 이야기만 주고받으며 시간 보내는 게 얼마나 죽을 맛인데. 너와 함께 마법을 펴부으며 제국 놈들을 직접 때려 부수는 게 훨씬 속 시원하고 즐거웠지!"

"그리고 여자들에게 매번 수작 걸고?"

"그것 역시 빼놓을 수 없지. 아이고, 네가 아니라 내가 젊어졌어야 했는데……."

왕이 되었어도 전혀 바뀌지 않은 친구의 모습에 레이지는 고개를 설레설레 저었다.

"아무튼 그 칸나라는 년이 내 유산을 되찾는다는 이유로 방문하거나 하면 다른 핑계를 대서라도 돌려 보내."

"그 정도야 왕이니까 충분히 가능하지."

쥘리앙은 오른손으로 가슴을 팡팡 두들기며 자신있게 말했다.

"이왕 하는 김에 네가 살아 있다고 네 옛 동료들에게 몰래 전해줄까? 네가 살아 있다는 걸 알면 프레드릭이 엄청 기뻐할걸?"

레이지는 등을 보인 체로 고개를 가로저었다.

"내가 직접 알리기 전까진, 난 죽은 걸로 해야 해. 또 날 배신하는 자들이 나올지 몰라."

"나르디안 경처럼 말이지?"

"그래, 솔직히 말하면 너도 처음에는 믿지 못했어. 그래서 넌지시 떠봤던 거야. 네가 조금이라도 그 편지에 응하려고 했다면 어떤 일이 일어났을지 몰라."

레이지는 오른손을 천천히 움직여 가슴 왼쪽에 가져갔다.

심장을 정확히 꿰뚫은 나르디안의 검과 그녀의 미소가 선명하게 뇌리에 떠올랐다. 흘러나온 피가 로브를 적시고 바닥에까지 흘러내리는 장면이 느리게 머릿속에서 묘사되었다.

"특히 나와 마지막까지 제국과 싸웠던 녀석들에겐 절대 알리지 마."

"하지만 그녀는 다를걸?"

"그녀?"

"엘레노어 말이야. 너 설마 엘레노어보다 날 먼저 찾아온 건 아니겠지?"

"네가 처음이야."

레이지의 무덤덤한 대답에 쥴리잉은 눈썹 사이를 찡그리면서 혀를 찼다.

자신과 정반대로, 제이워드는 그 어떤 여성과도 깊은 관계가 되는 걸 거부했다. 그 결과 본의 아니게 마음의 상처를 주어야 했고 그 중 가장 큰 희생양이 바로 엘레노어였다.

"너 진짜 여자를 모르는구나."

"난 엘레노어가 떠날 때 붙잡지 않았어. 그런데 지금 와서 내가 그녀를 찾아갈 면목이 있다고 생각해?"

"……"

쥴리앙은 주먹으로 답답해진 가슴을 두들겼다.

여자의 감정 자체에 아예 무감각하다면 그려려니 하고 넘어갈 수 있다. 하지만 자신에게 호감을 보이는 여성이 누군지 알고 있음에도 제이워드는 항상 거부했다. 다시는 만날 수 없는, 오래 전에 떠나간 스승이 그의 마음속에 여전히 자리 잡고 있기 때문이었다.

"엘레노어라면 아직도 암흑의 숲 속에서 혼자 칩거하고 있을 거다. 널 계속 그리워하고 있을걸?"

원래 제국군 소속이었다가 발렌시아 왕국군에 투항한 그
녀는 직접 제이워드를 만나길 원했다. 서클 6에 도달한 마법
사를 그냥 내주긴 아까웠지만 유일하게 그녀가 제시한 조건
이었기에 들어줘야 했다.

처음엔 제이워드와 티격태격했던 것도 잠시, 제이워드에
게 푹 빠진 그녀였지만 자신이 파고들 구석이 없다는 걸 알고
그의 곁을 떠났다.

"솔직히 말하면 젊었을 때 나와 사귀었던 여자들은 죄다
날 잊고 있을 거야. 하지만 넌 달라. 왠지 모르겠지만 너를 좋
아했던 여자들은 지금까지도 널 잊지 못할 게 분명해."

"그런가?"

엘레노어가 제이워드에게 이별을 고할 때, 단 한 번도 본
적이 없는 눈물이 그녀의 뺨을 타고 흘러내렸다. 서로 등을
보인 채 엘레노어가 남긴 말은 아직도 생생하게 기억에 남았
다.

"난 당신을 더 이상 도와줄 수 없어. 하지만 당신을 방해하지도
않겠어. 그게 내가 할 수 있는 최선의 방책이야."

사실 줄리앙을 만난 이후 찾아갈 의향도 어느 정도 있었다.
그러나 도와주지 않겠다는 말까지 듣고서, 예전의 힘을 잃은

상태에서 엘레노어를 만나기엔 뭔가 속이 빤히 보이는 거 같아 거부감이 들었다.

"제이워드, 엘레노어에 대해서는 나중에 날 잡고 진득하게 이야기해 보자. 급한 건 따로 있잖아?"

이렇게 늦은 시각에, 남들의 눈을 피해 줄리앙을 만나야 하는 이유는 뻔했다. 격식없이 터놓고 이야기를 나누고 있지만 줄리앙이 왕이라는 사실은 명백하기에 기대할 수 있는 지원은 무궁무진하다.

"제국의 잔당들과 절대 손잡지 말 것. 그것에 그치지 않고 발렌시아 왕국 영토 내에 숨어 있을 잔당들을 소탕해 줄 것. 또한 나르디안이 있는 케이서스 공화국과 지배령인 메디앙 공화국을 항상 경계할 것. 그렇다고 적의를 드러내지는 말고, 첩자를 파견해서 동향을 알아보는 정도라면 충분해."

"그 정도야 무난하지."

"그리고 아까 말했지만 칸나 그년이 무언가 도움을 요청해도 거절할 것."

"그 여자가 내 이름을 함부로 들먹인다면 발렌시아 영토 안에 다시는 발도 디디지 못하게 만들겠어."

레이지의 어투는 침착했지만, 줄리앙은 그의 말 속에 숨겨진 분노가 얼마나 큰지 금세 알아챘다. 제이워드가 여자에게 '년'이라는 욕설을 붙여 말한 적은 그의 기억 속에는 단 한 번도 없었기에.

"우선 이 정도."

"자금은 충분해? 믿을 만한 사람 몇 붙여줄까?"

"돈은 알아서 적당하게 주든지 해. 동행할 사람은… 있으면 좋지. 단 네 말대로 믿을 수 있는 인간으로 부탁해. 다시는 뒤에서 칼 맞고 싶지 않거든."

"그래도 왠지 모자란 느낌이 들어. 나 왕이잖아? 날 믿고 팍팍 부탁하라고."

"섣부르게 날 도와주려고 네가 움직였다간 일이 더 복잡해질 수 있어. 앞서 말한 것만으로도 충분해."

레이지는 간접적인 도움만을 피력했다.

더 큰 도움은 원래의 힘을 되찾고 단독으로 행동할 수 있는 입장이 된 이후까지 기다리기로 결정했다.

"제이워드, 오래간만에 만났으니 술이라도 한잔할까? 아까부터 계속 나만 마신 거 같아서 미안하거든."

쥴리앙은 술잔을 들어 올리며 레이지를 향해 내밀었다.

"나 원래 술 잘 안 마시는 거 알잖아? 그리고 마음 편히 술 마실 수 있는 입장이라면 이렇게 몰래 찾아오겠어?"

퉁명스러운 어조에 섞인 고민을 쥴리앙은 즉각 알아챘다. 그는 내밀었던 술잔을 탁자 위에 내려놓고 레이지의 등을 바라보았다.

"왠지 너 많이 힘든 거 같다. 나야 항상 네 편이지만 그것만으로는 모자랄 거 같아."

"어쩔 수 없어. 그 누구든 쉽게 믿을 수 있는 상황이 아니거든."

"무슨 소리야? 넌 절대 배반하지 않을 사람이 나 말고 한 명 더 있잖아."

"엘레노어는 날 원망하고 있을 거야."

"하아, 넌 진짜 여자 모른다."

엘레노어를 처음 봤을 때의 인상을 레이지는 절대 잊을 수 없었다.

길게 기른 검은색 머리카락은 희미해지던 옛 스승의 뒷모습을 선명하게 떠올리게 했다. 그 뒷모습을 통해 어렸을 때 전하지 못했던 감정을 대신 보상받는 기분이 들기도 했다.

그러나 당시의 그는 감상에 젖어 있을 틈이 없었다. 복수라는 목표에 여자는 방해가 된다고 여겼다.

"그리고 또 한 명도 잊으면 섭섭하지. 너도 남자라고 여자만 기억하는구나."

"너에게 비교당하는 건 왠지 모르게 엄청난 모욕처럼 느껴져."

줄리앙이 말하는 또 하나의 남자는 당연히 프레드릭이었다.

"프레드릭 녀석, 네 녀석의 복수를 위해 열심히 뛰어다니고 있다고 하더라. 막상 넌 이렇게 멀쩡히 살아 있는데 말이지."

"언젠간 프레드릭에게도 알릴 거야. 단 내가 직접. 넌 끼어들지 않는 게 좋아."

"알았어, 알았다고. 예전 같으면 그냥 차갑게 한 번 말 툭 내던지고 끝났을 텐데 다시 말하는 걸 보니 확실히 달라지긴 달라졌어."

레이지의 거듭된 부탁에 쥴리앙은 고개를 끄덕거렸다.

기분 탓이었을까, 제이워드의 성격뿐만 아니라 나이마저도 예전 처음 만났을 때로 돌아간 듯한 착각마저 들었다.

"조금 생각해 봤는데 말이야, 그냥 네가 살아 있다고 공표하는 거로 충분하지 않을까? 아까 쓴 가면으로 직접 얼굴을 가리든지 하는 식으로 진짜 정체는 숨긴 상태에서 말이지."

쥴리앙이 꺼낸 말에 레이지는 1초의 망설임도 없이 고개를 가로저으며 부정했다.

"그건 내가 예전의 제이워드라면 그렇겠지. 지금의 나는 대마법사에 근접하지도 못한 애송이에 불과해. 내 이름이 통하는 건 서클 7의 대마법사였기 때문이었는데, 다시 살아난 제이워드가 고작 이런 꼬마라는 걸 알면 반응이 어떻겠어?"

"하긴……."

"그리고 제이워드의 이름이 강하게 통했던 건, 나와 함께 했던 동료들이 있었기 때문이지. 다시 모아야 해."

잔당들이 결집해 거대한 세력으로 성장하기 전에, 레이지 쪽에서 먼저 힘을 얻어 분쇄해야 한다.

"우신 엘레노어부디 꼭 만나봐. 나에게 부탁했으니 너에게 도 이 정도는 부탁할 수 있겠지?"

"그래."

레이지는 목 언저리에 손을 가져갔다가 있어야 할 것이 없 다는 걸 깨닫고 쓴웃음을 지었다.

"줄리앙, 나 내일 모레면 왕궁을 떠나는데 괜히 마중 나올 생각 마라. 쓸데없는 의심을 사기 딱 좋아."

"오를레앙이 마중 나가는 정도라면 괜찮지?"

"그래, 어차피 네 아들이 날 초청한 거니 문제없어."

레이지는 창문가를 매만지며 걸어두었던 마법이 풀릴 시 점에 도달했다는 걸 느꼈다. 그는 살짝 뛰어오르더니 창문에 두 다리를 걸쳤다.

"벌써 가는 거야?"

"아무래도 오래 이야기하고 있을 상황은 아니거든."

슬슬 돌아가지 않으면 머물고 있는 귀빈실에 하녀들이 촛 불을 갈러 들어올 시간대가 되어버린다. 아무래도 왕궁 안이 니 손님들이 자리를 멋대로 뜨는지 확인차 하는 일이라는 걸 레이지는 잘 알고 있었다.

"제이워드, 마지막으로 한마디 할게. 괜찮겠지?"

"뭔데?"

"지금의 네 녀석이 진짜 제이워드인지 아닌지는 아직도 약간 혼란스러워. 하지만 말이야……."

혼자서 와인을 연달아 마셨기 때문일까.

쥴리앙은 조금씩 올라오는 취기 때문에 몸을 숙이고서 탁자 위에 몸을 기댔다.

"내 맘에 들었던 제이워드는 맨 처음 만났던 제이워드였어. 물론 5년 전에 본 제이워드가 싫다는 건 아니지만, 네 녀석 특유의 과격함이 사라져서 좀 심심했거든."

"그런가. 그러면 나도 마지막으로 한마디 할까?"

사실 쥴리앙의 침실로 잠입하기 위해 만반의 준비를 갖추었지만, 생각보다 쉽게 해결된 점에 대해 쓴소리를 하고 싶었다.

"아무리 전쟁이 끝났다 해도, 5년 전에 쓰던 암구호 패턴을 지금도 사용하는 건 좀 그렇잖아? 근무 교대 패턴도 옛날과 다를 바 하나 없고. 이미 다른 왕국에 죄다 퍼졌겠다."

"뭣이?"

"날이 밝으면 근위대장 좀 갈궈. 네 안전이 심히 걱정된다."

취기가 날아가면서 정신이 번쩍 든 줄리앙은 고개를 들었다.

하지만 그의 모습은 시야에서 사라진 후였다. 열린 창문 사이로 흘러들어 온 바람에 커튼이 휘날렸다.

4

다음날 저녁.

줄리앙의 어명에 의해 긴급 각료 회의가 시작되었다. 왕궁 안의 회의장에는 수십여 명의 각료가 직사각형 모양의 긴 테이블에 하나씩 자리를 잡고 앉아 있었다. 원래대로라면 지방에 있는 영주들까지 모두 소집해야 하는 중대 안건이라 최소한 일주일 뒤에 열려야 했지만, 오를레앙의 귀환을 축하하기 위한 파티에 초대된 지라 단 하루 만에 치러질 수 있었다.

발렌시아 왕국의 왕 줄리앙은 검은색 편지 봉투를 오른손에 쥐고 들어 올렸다.

"이 문양이 뭔지 모르는 이들은 아무도 없을 것이라 생각되오."

신하들의 표정은 한결같이 경직되었다. 20여 년 동안 그들이 맞서 싸워야 했던 국가의 상징에 결코 호의적인 반응은 나오지 않았다.

"짐의 추측이긴 하나, 이 편지를 나 혼자만이 받았을 거라고 생각하지 않소. 오늘의 안건은 바로 이 편지에 대해 어떤 대답을 해야 할지에 대해서요."

"폐하, 그 말인 즉슨……."

"크루디아 제국의 잔당들이 뭔가 꾸미고 있소. 아마도 사라진 망령을 부활시키려고 하는 거겠지. 이에 그대들의 의견을 듣고자 하는 바이오."

쥴리앙은 절대 제국의 부활을 그대로 보고 있을 생각은 없었다. 어떻게 해서든 막아야 한다. 실질적으로 이번 회의의 목적은 토론이 아니라 제국 부활 저지에 대한 결심을 확고히 굳히는 것이었다.

신하들은 각자의 얼굴을 바라보며 수군거리기 시작했다. 그 중 한 명이 오른손을 들어 올렸다.

"갈레스 백작, 말하시오."

"폐하, 크루디아 제국은 20년이 넘도록 대륙을 혼돈과 공포의 도가니에 빠뜨린 존재입니다. 그런 그들이 사라지지 않고 계속해서 뭔가 꾸민다면, 절대 그냥 놔둬서는 안 됩니다."

대륙 전쟁 당시 강경파로 잘 알려진 갈레스 백작은 그 누구보다 제국과 맞서 싸웠던 자이기도 했다. 랭크 5의 오러 유저이기도 한 갈레스는 제국이라는 단어를 말할 때마다 얼굴이 심하게 일그러졌다.

"폐하, 저 역시 갈레스 백작과 같은 의견입니다."

"오, 테르노스 장군. 그대도 잔당들의 움직임을 보고만 있을 수 없겠지?"

그는 40대 초반의 나이 때부터 대륙 전쟁에 참여하여 60대 후반인 지금까지 전쟁터에서 잔뼈기 굵은 인물이었다. 풍성한 백발에서 중후함을 풍기는 그는 탁자 위에 올려놓은 두 손을 강하게 주먹 쥐었다.

"그들의 움직임 자체를 막는 게 최우선이겠지만, 현재 구체적으로 그들이 어떤 상황인지, 그리고 얼마나 많은 세력을 모았는지 파악 못한 상황입니다. 우선 그들이 하나로 뭉치기 전에 발견하는 족족 하나씩 꼼꼼하게 처리해야 한다고 생각합니다."

"그대는 가장 열정적으로 제국과의 전쟁에 나섰지만, 신중하기도 했었지. 자네가 내 대신 전장을 휘젓고 다녀서 얼마나 속이 시원했는지 모른다오."

"과찬의 말씀이십니다."

다른 신하들은 둘의 대화에 고개를 끄덕이며 동의했다.

많은 희생을 치렀지만 그 결과 얻어낸 '발렌시아의 용맹'은 그들에게 어떤 것으로도 대신할 수 없는 명예를 선물했다.

단 한 명, 실소를 지으며 오른손을 들어 올린 이가 있었다.

"나레시안 백작, 말해보시오."

줄리앙의 동생인 나레시안은 반들거리는 대머리를 두 손으로 쓱 매만지며 자리에서 일어났다. 그는 맞은편에 앉아 있는 신하들과 눈빛을 주고받더니 어깨를 살짝 으쓱거렸다.

"크루디아 제국은 4년 전에 끝난 대륙 전쟁으로 인해 완전히 멸망한 국가입니다. 패망한 국가의 잔당들에게 너무 경계하시는 건 아닙니까?"

"제국으로 인한 고통과 슬픔을 기억하는 자들이라면, 어떤 식으로든 크루디아란 이름이 다시 표면 위로 드러나는 걸 원치 않소. 조금이라도 다시 곪을 기미기 보이는 상처는 일찍 도려내는 게 낫소."

"지금의 발렌시아에 필요한 것은 평화와 안정이지, 아직 명확히 드러나지도 않은 제국의 잔당을 색출하는 게 아닙니다. 애초에 고작 이런 종이쪼가리 가지고 뭔 큰일이 일어난 마냥 긴급 회의까지 소집하신 폐하의 의중을 이해할 수가 없군요."

나레시안의 말에 줄리앙의 표정이 굳어버렸다. 다른 신하들은 의외라는 반응을 보이며 귓속말을 주고받기 시작했다.

줄리앙의 의견에 반대해서가 아니었다. '나레시안' 주제에 저렇게 나름 논리를 갖춘 언변을 늘어놓을 줄은 생각도 못 했기 때문이다. 평소에는 회의 내내 하품이나 하면서 지루하다는 표정을 노골적으로 드러내던 그였다.

'제국의 잔당을 소탕한다는 핑계로 병력을 차출하려는 의도를 내가 모를 거 같아?'

아니, 사실 모르고 있었다. 나레시안에게 아부하고 있는 귀족들이 넌지시 알려준 덕분이었다. 왕의 주장에 반박할 근거도 그들이 마련해 주었다. 그는 그냥 어제 외운 말만 앵무새처럼 늘어놓는 역할을 제대로 수행하면 됐다.

"아직 표면으로 드러나지 않은 제국 잔당의 움직임에 민감하게 반응할 필요는 없다고 봅니다. 지금 국민들을 괜한 소문에 휘말려 불안에 떨게 만들 이유가 도대체 뭡니까?"

나레시안은 크루디아 제국에 대해 별로 두렵다는 느낌을 결코 받지 못했다. 무려 10년 동안 부대에 소속되어 있었지만, 전투 하나 벌어지지 않은 최후방에서 매번 놀고 마시던 그였기에 당연했다.

분위기가 나레시안의 주장 쪽으로 기울기 시작하자 각료들은 말을 아끼면서 앞으로의 대화가 어떻게 진행될지 기다리기만 했다. 앞서 강경책을 내세웠던 갈레스와 테르노스만이 날카로운 눈으로 나레시안을 노려볼 뿐이었다.

"폐하, 여쭤볼 것이 있는데 괜찮겠습니까?"

"말해보거라."

팔짱을 끼고 침묵을 지키고 있던 오를레앙이 자리에서 벌떡 일어섰다. 그는 줄리앙이 가지고 온 탁자 위의 편지 봉투를 가리켰다.

"그 편지를 어디에서 발견했습니까?"

"내 침실이라네."

"한 나라의 왕이 잠자고 있는 침실에, 누군지도 모르는 이가 삼엄한 경계를 뚫고 들어와 이런 편지를 남겼는데 이게 고작 장난일 거라고 생각하십니까, 숙부님?"

"그, 그건……."

의외의 반격에 줄리앙은 뭐라 대답할지 몰라 당황했다.

"뭐, 그건 그렇다고 칩시다. 근위대장만 족치면 될 일이니까요."

오를레앙은 자리에서 벗어나 탁자 주위를 빙 돌면서 걸어가기 시작했다. 그의 발걸음 소리에 신하들의 입이 굳게 닫혔다.

"발렌시아에 필요한 것이 평화와 안정이라는 점에선 숙부님의 의견에 동감합니다. 하지만 그 평화와 안정이 이미 발렌시아에 자리 잡힌 상태라면 어떻겠습니까?"

"오를레앙 전하, 고작 발렌시아 몇 곳을 돌아다닌 주제에 모든 걸 다 알고 있는 것처럼 말하다니 과장이 심하군요."

평소 오를레앙을 잡아먹지 못해 안달인 나레시안 백작이 인상을 찌푸리며 트집을 잡았다. 반면 오를레앙은 아무렇지 않다는 표정을 유지하며 나레시안 쪽으로 걸어갔다.

"네, 제가 하는 일은 어디까지나 국민들을 직접 둘러본다는 구실하에 왕가의 이미지를 높이기 위한 정책에 불과하죠."

"잘 알고 있으니 다행입니다."

"하지만 저만큼 직접 국민들을 접한 분들이 여기에 얼마나 있을까요? 매년 3개월이라는 시간을 투자하면서 국민들의 실태를 알아보려고 하신 분들이 있으면 손을 들어보십시오."

그의 말에 회의실 안에 침묵이 감돌았다. 귓속말로 오를레앙의 험담을 주고받던 이들은 불쾌함이 가득 담긴 얼굴로 반감을 표할 뿐이었다.

"여러분들은 기나긴 전쟁 이후 다시 되살아나고 있는 영토를 직접 본 적이 있습니까?"

하지만 오를레앙은 단지 그들이 입을 다무는 것만으로 만족하지 않았다. 그는 나레시안의 등 뒤로 다가가더니 등받이 부분에 두 손을 올렸다. 순간 나레시안은 온몸에 소름이 확 돋았다.

"하긴, 앉아 있기만 해도 알아서 돈이 굴러 들어오는 귀족의 입장에선 당연히 모를 수밖에 없지요."

"말씀이 지나치십니다, 오를레앙 전하!"

나레시안은 목소리를 높이며 얼굴을 붉혔다. 하지만 그의 어깨 너머로 고개를 내민 오를레앙과 눈이 마주치자 금세 반대 방향으로 얼굴을 돌렸다.

"나, 나는 정기적으로 전쟁 이후 피해 상황에 대해 왕궁으로 올라온 보고서를 읽고 있소! 지금 왕국은 여전히 전쟁의 고통에서 벗어나지 못하고 신음하고 있소!"

"그깟 보고 문서 서너 건 읽은 것만으로 발렌시아 왕국 내 실태를 파악할 수 있다고 생각하십니까? 저는 직접 보고 듣고 느낀 것만을 믿습니다. 그것이 설사 조작되고 진실을 가리고 있다 해도 말입니다."

오를레앙은 나레시안의 턱을 붙잡고서 억지로 자신을 바라보도록 끌어당겼다. 여자에게 보여줄 때의 느끼한 미소가 아닌, 비웃음이 가득 담긴 웃음을 입꼬리를 올림으로 극대화시켰다.

"지금 원하신다면 그동안 왕국 곳곳을 돌아다니면서 파악하며 직접 기록한 문서들을 제출할 수도 있습니다. 카트린느, 그걸."

카트린느는 고개를 끄덕이더니 의자 뒤에 놔두었던 트렁크 가방을 탁자 위에 턱하니 놓았다. 가방 입구를 열자 꽉 눌려 있던 서류 뭉치들이 스프링처럼 위로 살짝 솟아오르더니 탁자 위에 흩어졌다.

"이건 단지 3개월 동안 기록한 분량에 불과합니다. 나머지는 저의 아름다운 장미들이 정리하고 있는 중이지요."

오를레앙은 서류 중 아무거나 한 장을 집어 쥴리앙의 얼굴 앞에 불쑥 내밀었다. 단 한 장을 읽었음에도 그의 안색이 확 바뀌었다.

　"폐하, 어떠하십니까?"

　"흐음, 생각보다 꽤나 나은 상황이로군."

　대부분의 영토가 전쟁의 악몽에서 벗어나 복구를 완전히 마친 상황이었다. 지난달 쥴리앙이 읽은 보고서에 따르면 아직도 황폐화된 농경지가 반 이상이며, 수많은 피난민들이 살 곳을 찾지 못해 떠돌아다닌다고 설명되어 있었다.

　아직도 전쟁의 피해가 가시지 않았다는 허위 보고를 올려서 조금이라도 세금을 덜 내려 하는 영주들의 의도가 적나라하게 드러났다.

　"좀 더 시간이 필요하겠지만, 설사 제국이 지금 당장 부활하더라도 다른 국가와의 연계하에 맞서 싸울 힘은 비축된 상태입니다. 괜히 발렌시아 왕국이 반 제국 동맹의 선봉에 섰으리라 생각하십니까?"

　오를레앙의 말에 대부분의 귀족들은 고개를 숙이고 그와 시선이 마주치는 걸 꺼려했다. 갈레스 백작과 테르노스 장군을 비롯한 몇몇 귀족들만이 그의 말을 태연하게 받아넘기며 어깨를 으쓱거렸다. 오를레앙의 지적에 하나도 해당 안 되는 이들이었기에 가능한 여유였다.

"카트린느, 그걸 두 분께."

오를레앙의 지시에 카트린느는 트렁크 맨 아래에 있던 두 개의 서류 봉투를 끄집어냈다. 그리고 쥘리앙과 나레시안에 게 하나씩 나누어주었다.

봉투를 뜯자 두 남자의 표정이 각기 다르게 바뀌었다. 쥘리 앙은 당장에라도 잡아먹을 듯한 눈초리로 자신의 동생을 노 려보았고, 나레시안은 그런 시선도 느끼지 못할 정도로 두려 움에 떨고 있었다.

"숙부님, 제가 숙부님의 영지에만 무려 한 달간 머문 이유 를 아직도 모르시겠습니까?"

오를레앙은 미소를 지으면서 나레시안에게 귓속말을 건넸 다.

"한 달 동안 계속 여자를 붙여주고 술과 호화스러운 진미 를 제공했다고 해서 제가 가만히 놓고만 있을 거라 생각하신 겁니까?"

"이, 이 녀석……."

"그동안 빼돌린 세금만 해도 상당량이 되더군요. 그 외에 도 여러 가지 부분에서 안 썩은 곳이 없더군요. 제 부하들이 고생하긴 했지만, 한 달이라는 시간은 많은 정보를 캐내기에 충분했습니다."

나레시안은 오를레앙이 자신의 영지에 머무르는 동안 아

예 온갖 호사스러운 대접을 해주며 흥청망청 놀게 만들었다. 근 한 달 동안 소모한 금액만 해도 상당했다.

하지만 오를레앙은 그저 아름답기만 할 뿐이지 '향기'가 없는 꽃들에게는 전혀 관심이 없었다. 오히려 자신에게 모든 시선이 집중된 걸 이용해 부하들이 영지 내부 상황을 정확하게 파악하도록 지시했다.

오를레앙은 부들부들 떨고 있는 나레시안의 어깨를 살며시 두들겨 준 뒤 탁자 주위를 시계 방향으로 걷기 시작했다.

"지난 대륙 전쟁 때엔 걸출한 영웅들이 활약한 결과 발렌시아 왕국과 뜻을 함께 한 반 제국 동맹의 승리로 끝날 수 있었습니다. 하지만 그 승리의 중추적 역할을 담당했던 대마법사 제이워드는 지금 죽고 없습니다."

제이워드의 부재.

그것은 단순히 그 개인의 죽음으로 끝나는 일이 아니었다. 제국의 존재 자체만으로도 강한 증오를 내뿜으며 지나가는 길을 제국 병사들의 피로 물들였던 그가 죽어 사라졌다는 사실은 대륙 판도에 큰 영향을 끼쳤다.

"그로부터 1년이라는 시간이 벌써 흘러갔습니다. 당연히 패망했던 제국의 잔존 세력이 움직일 타이밍이죠. 반대로 이야기하면, 지금 그들을 색출해 파멸시키기에도 좋은 기회라는 말입니다."

"전쟁이라도 다시 벌이겠다는 말입니까?"

나레시안은 자리에서 벌떡 일어서더니, 쥴리앙 옆에 서 있는 오를레앙을 가리키며 목소리를 높였다. 논리에 맞고 그르고를 떠나 오를레앙의 의견에 손을 들어줄 의향 따위 나레시안에겐 조금도 없었다.

오를레앙은 코웃음을 치고선 나레시안 쪽으로 천천히 걸어갔다. 그리고 각자 서로를 바라보며 눈싸움을 시작했다.

"전쟁? 그게 일어날 때까지 잔당들이 뭉치도록 보고만 있을 생각은 없습니다. 그들이 할 수 있는 일은 자신들이 건재하다는 걸 과시하고 존재를 드러내기 위한 테러 정도에 머무를 겁니다. 그러나 그 테러마저 전 용납할 생각이 없습니다."

"어차피 테러밖에 할 수 없는 이들에 대해 왜 그리 걱정한단 말입니까?"

"국민들에게 예전 공포를 다시 각인시킴으로써 혼돈에 빠뜨릴 수 있습니다. 그리고 제국이 다시 일어선 것 마냥 두려워할지도 모릅니다. 그런 착각을 막아야 합니다."

"난 직접 제국과 맞서 싸운 몸이요! 비록 20년이 넘도록 우리들을 위협한 이들이지만 그렇게 두려운 이들은 아니오! 우리의 용맹한 발렌시아의 국민들 역시 그렇게 생각할 것이오!"

"호오, 진짜 그렇습니까? 제가 조사한 바에 따르면 나레시

안 백작님께선 전쟁 당시 최후방에서 매일 밤을 여성과 술을 즐기면서 보냈다고 했던데…….'

"중상모략이오!"

목소리를 높인 나레시안의 관자놀이에 힘줄이 굵게 튀어 나왔다. 얼굴은 물론 벗거진 머리까지 붉게 달아오른 그는 흥분을 주체하지 못하고 거친 숨을 내쉬었다. 하지만 대부분의 신하들은 찍소리도 못하고 몸을 움츠리기만 했다.

당시 귀족들을 따로 모아 편성한 부대가 명백히 존재했다.

명예를 위해 전쟁에 그 누구보다 먼저 참여했다 해도 귀족은 귀족, 언제 끝날지 모르는 전쟁 따위에 평민들처럼 목숨을 내던질 이유는 그들에겐 없었다. 결국 격렬한 전투가 연달아 이어지는 최전선이 아닌, 후방에 배치되어 편한 하루하루를 보내는 게 일상이었다. 개중에는 전방에 갈 보급품을 빼돌려 짭잘한 이득을 취하기도 했다.

지난 과거에 양심이 찔려서일까. 대부분의 신하들은 서로 눈치만 보면서 헛기침을 할 뿐이었다.

"상대의 힘이 미약하다 해서 본체만체 놔두는 걸 그 누구도 용맹함이라 하지 않습니다. 그 어떤 적이라 하여도 항상 선두에서 맞서 싸우는 걸 우리는 용맹이라 부릅니다. 솔직히 소드 마스터 갈레스 백작, 전장의 백호라 불린 테르노스 장군, 그리고 다른 몇몇 분들과 폐하 말고는 제국의 두려움에 대해 언급할 자격조차 없습니다."

나머지는 제국과의 전쟁 도중에 전사했다.

막상 모국을 지키기 위해 최선을 다한 이들은 죽어 땅속에 묻히고, 비겁하게 살아남은 이들이 전쟁 뒤의 평화를 누리는 모순은 발렌시아에 국한된 일만은 아니었다.

분위기가 오를레앙의 의견 쪽으로 완전히 기울었다. 하지만 나레시안은 끝까지 포기하지 않았다.

"이제 전쟁이 끝난 지 고작 4년 밖에 안 되었는데, 전후 복구에 신경 쓰지 않고 그깟 제국 잔당들 잡는 데 신경을 써야 한다니 말이 안 되오!"

"이런이런, 발렌시아 왕국은 예전 전쟁의 피해에서 거의 벗어났다는 제 의견을 부정하시는 겁니까?"

"물론이오!"

"그렇다면 앞뒤가 맞지 않습니다. 숙부님 말대로라면 전쟁이 끝난 지 4년이나 지났음에도 발렌시아 왕국은 여전히 전쟁의 고통 속에서 벗어나지 못한 상황입니다. 전쟁 이전 페르디어스 왕국, 카르도니아 왕국과 함께 제국을 제외한 3대 왕국 중 하나였던 게 바로 발렌시아입니다. 그런 발렌시아를 그렇게 만든 크루디아 제국이 두렵지 않단 말입니까?"

"그, 그건⋯⋯."

"다행히 제국의 잔당들은 아직 하나의 세력으로 뭉치지 못했습니다. 그랬다면 이런 애매모호한 방식으로 그들과 뜻을 함께할 이들을 모을 필요도 없겠죠. 바로 지금이 크루디아의 이름을 완벽하게 지울 기회입니다."

나레시안을 꼬드긴 다른 귀족들은 아예 시선을 다른 곳으로 돌리면서 그를 모른 척했다. 애절한 눈빛으로 도움을 요청한 나레시안은 혼자가 되었다는 걸 뒤늦게 깨닫고 힘없이 고개를 떨구었다.

"자, 제 의견에 반대하시는 분?"

오를레앙의 말에 신하들은 서로 눈치만 볼 뿐 입도 뻥긋하지 못했다.

"제 의견에 합리적이며 유익하게 반론할 수 있으신 분, 없습니까?"

자신만만하게 목소리를 높이는 오를레앙을 쥴리앙은 흐뭇한 시선으로 바라보았다.

'제이워드, 널 도와줄 준비는 이미 다 되었어.'

항상 골칫거리였던 나레시안의 방해에도 불구하고 증거까지 모두 갖추고 나온 오를레앙의 언변에 각료 회의의 분위기는 쥴리앙이 원하는 쪽으로 결론이 났다.

'그러니 남은 건 단 하나뿐이야. 네가 원래대로 강해지는 것밖에 남지 않았어.'

각료 회의가 끝나자 지친 표정의 귀족들이 하나둘씩 회의
장 밖으로 걸음을 옮겼다. 갈레스 백작과 테르노스 장군은 각
자의 등을 두들기며 오래간만의 재회를 축하하는 술자리로
가는 중이었다.

반면 나레시안은 포박된 상태에서 당장에라도 죽을 표정
을 지었다. 감찰기관에서 파견된 병사들에게 체포되어 끌려
가는 중이었다.

넓은 회의장에 남은 이는 쥴리앙과 오를레앙 단둘뿐이었
다. 둘이서만 나눌 이야기가 있다는 쥴리앙의 말에 카트린느
는 경례를 붙이고 문 밖으로 나갔다.

쥴리앙은 뒷짐을 지고서 창문 밖을 바라보았다. 저녁놀이
지는 넓은 정원을 내려다보는 그의 눈은 흐뭇하게 웃고 있었
다. 그런 아버지의 등을 아들은 차가운 눈빛으로 바라보았
다.

"솔직히 말하면 넌 내 의견에 반대할 줄 알았다."

쥴리앙의 속내에 오를레앙은 피식 웃으면서 의자에 등을
기댔다.

"사적인 이유로 일을 그르칠 수는 없습니다. 전 폐하의 아
들이기 이전에 발렌시아의 왕태자입니다. 조국을 위해서 최

상의 선택을 한 것에 불과합니다."

줄리앙의 부인이자 오를레앙의 어머니인 메린다의 죽음 이후 부자 사이는 예전 같지 않았다. 부인의 죽음에 슬퍼할 겨를도 없이 제국과의 전쟁에 집중해야 했던 줄리앙은 본의 아니게 오를레앙을 방치해야 했다. 막 열 살밖에 되지 않았던 오를레앙은 어머니를 죽였음이 분명한 왕족들과 마주칠 때마다 이를 갈았다.

하지만 힘없는 분노는 그저 불평에 불과하다는 걸 오를레앙은 어린 나이에 깨달았다. 힘을 갖추기 전에 능력을 드러내는 건 죽음을 자초할 뿐이라는 것도 함께 인식했다.

그는 아버지처럼 여자를 가까이했고 메이드를 수십여 명 거느리면서 방탕아처럼 행동했다. 그리고 남들의 눈이 닿지 않는 곳에서 뼈를 깎은 수련과 한 나라의 왕이 되기 위한 공부를 멈추지 않았다. 남들의 손가락질 따위 안중에도 없었다. 오히려 자신을 깔보고 낮출수록 오를레앙은 느끼한 웃음을 면전에 내세웠다. 그런 그의 진짜 얼굴을 아는 이들은 그가 직접 택한, 그러나 손가락 하나 건드리지 않은 여성들밖에 없었다.

그로부터 14년, 오를레앙을 비웃는 왕족들은 하나도 없었다. 과거에 비웃었던 자들은 왕족에서 쫓겨나거나 그의 앞에서 고개를 숙일 수밖에 없었다.

"나레시안의 일은 잘 처리했다. 아주 속이 다 시원하다."

"지금 조금 손을 써서 쉽게 막을 수 있는 일을 얼토당토않은 방심 때문에 크게 만들 의향은 조금도 없습니다. 결코 폐하를 위해 한 일이 아닙니다."

"그래, 너도 이제 어엿한 발렌시아의 왕자가 되었구나. 난 네 나이 때에도 여전히 정신을 못차리고 여자 뒷꽁무니만 쫓아다녔지."

역설적이게도 줄리앙이 방탕한 삶을 살았던 이유 역시 오를레앙과 비슷했다. 왕궁 내 암투 때문에 첫사랑이 죽는 걸 바라만 봐야 했고, 그의 어머니는 자신의 아들이 왕이 되기 위해서 더러운 짓마저 서슴치 않았다.

결국 줄리앙은 모든 걸 잊자는 마음으로 전쟁터로 발길을 돌렸다. 첫사랑을 잊기 위해 다른 여자들에게 끊임없이 손을 뻗고 구애하던 하루하루가 지나가던 때, 그는 한 남자를 만났다. 그리고 변화하기 시작했다.

"이제 슬슬 물러나셔야 하는 거 아닙니까?"

아들의 노골적인 도발에 줄리앙의 입에서 피식하는 웃음이 터져 나왔다.

"그래, 당장 왕이 되기에 그럭저럭 충분하겠구나."

"!"

"왜 그렇게 놀라느냐? 내가 죽을 때까지 왕좌를 붙들고 놔주지 않을 거라 생각했느냐?"

쥴리앙이 왕좌를 고수한 이유는 단 하나였다.

자신과 함께 생사를 넘나들었던 친구를 전면적으로 지원해 주기 위해서였다. 제이워드가 죽었다고 알려졌을 때 사실 왕좌를 오를레앙에게 당장 물려줄까 고민하기도 했다. 그러나 그가 살아 있다는 걸 안 이상 왕위 계승은 좀 더 나중의 이야기가 되어버렸다.

"하지만 조금 부족한 부분을 더 채워야 할 거다. 더 넓은 세상을 경험해야 한다. 발렌시아 왕국 하나 아는 것만으로는 터무니없이 부족해."

만약 자신이 왕궁 내에 틀어박힌 채 어설픈 왕이 되었다면 그저 남들의 의도에 끌려 다니기만 했을 것이다. 넓은 시야를 갖추기 위해서는 머나먼 곳으로 떠나봐야 한다.

"내 부탁 하나만 들어준다면, 그 뒤에 왕위를 물려주겠다."

"정말이십니까?"

"그래. 나도 한 나라의 왕인데 허튼 약속을 하겠느냐?"

오를레앙은 영 석연치 않다는 표정으로 쥴리앙을 응시했다. 너무 쉽게 일이 풀린다면 그만큼의 대가를 나중에 치러야 한다.

"그 부탁이라는 게 무엇인지 우선 듣고 싶습니다만."

"그건 말이다……."

5

다음날 정오.

레이지와 마리에타는 오를레앙의 배웅을 받으며 왕궁 입구에 서 있었다. 마리에타는 오래간만의 휴식을 좀 더 즐기고 싶었지만, 더 머무르는 건 발렌시아 왕국에 폐를 끼치는 거라는 레이지의 말에 아쉬워했다.

"역시 안 되겠습니까?"

아쉽기는 오를레앙도 마찬가지였다.

전날 아침식사에 레이지와 마리에타를 초대한 그는, 식사 내내 자신의 측근으로 들어오지 않겠냐는 제의를 넌지시 건넸다. 물론 레이지가 아닌 마리에타에게.

마리에타만의 마탑을 세워주겠다는 파격적인 제안과 더불어 마법 연구에 필요한 비용 일체와 거액의 급료도 내세웠다. 하지만 마리에타는 미소를 지으며 고개를 가로저을 뿐이었다.

"아쉽기만 하군요. 마리에타님이라면 최적이라고 생각했는데, 안타깝기만 합니다."

오를레앙은 뒤에서 줄지어 대기하고 있는 하녀로부터 받

은 장미꽃을 마리에타에게 건넨 후 왼쪽 무릎을 꿇더니 그녀
의 손등에 키스했다.

"그렇지만 이대로 물러날 생각은 없습니다. 당신을 제 곁
에 둘 수 없다면, 제가 당신 곁으로 가는 수밖에 없겠지요."

"네?"

얼떨떨한 표정의 마리에타와 달리 오를레앙은 살짝 내려
온 앞머리를 뒤로 넘기면서 상쾌한 미소를 지었다.

"아버님께서 더 넓은 세상을 경험하고 오라는 어명을 내리
셨습니다. 예전의 저라면 코웃음치면서 흘려 넘겼겠지만, 마
리에타님 덕분에 눈을 뜰 수 있었습니다."

마리에타는 레이지를 바라보며 도와달라는 신호를 보냈지
만, 정작 그의 시선은 높이 솟아오른 왕궁을 바라보고 있었
다.

"전 단지 발렌시아 왕국 내의 여성들을 통해 아름다움을
보고 느끼고 배웠습니다. 하지만 모국의 여성들 말고도 다양
한 아름다움이 있다는 걸 바로 당신, 마리에타님께서 가르쳐
주신 겁니다. 전 넓은 세상으로 나아가 더 많은 아름다움을
접하고 느낄 것입니다."

"그, 그거 고백 맞으신가요?"

"네. 더 많은 아름다움을 찾는 여행을 당신과 당신의 피앙
세인 레이지님과 함께 하고자 합니다. 그리고 또 어떤 일이

생길지 압니까? 마리에타님께서 저의 진심을 이해할 날이 올 지도요. 동행을 받아들여 주시겠지요?"

뭔가 상당히 핀트가 어긋난 오를레앙의 말에 마리에타는 이러지도 저러지도 못하고 곤란에 처했다. 레이지는 여전히 고개를 들고서 왕궁을 바라보고 있었다. 워낙 멀리 있어서 누구인지 알아볼 수 없었지만, 위치만으로도 충분히 파악할 수 있었다.

'쥴리앙 녀석, 믿을 만한 사람을 보내달랬더니 대뜸 아들을 붙여주는군. 태도를 보아하니 내 정체를 알려준 것까진 아니겠고…….'

한 나라의 왕태자라는 신분과 오러 랭크 5의 실력은 레이지에게 충분히 도움이 될 터. 문제는 저 어찌할 수 없는 아름다움 찬양이었지만 쥴리앙의 아들이라면 피할 수 없는 부분이었기에 넘어가기로 했다.

"레이지, 어떻게 할까요?"

"전하의 부탁을 거절할 수야 없지요. 거절하더라도 분명히 억지로 따라오실 게 분명합니다."

"그렇다면 저도 받아들이겠어요, 휴우……."

마리에타는 고개를 설레설레 저으며 한숨을 길게 내쉬었다.

"카트린느, 마리안느."

"네, 전하."

오를레앙의 뒤에 서 있던 두 여성이 동시에 대답했다.

"그대들은 나를 따라오도록. 나머지 인원은 왕궁에 머무르도록. 클레어, 자네에게 맡기겠네."

"잘 알겠습니다."

"아, 그리고 그건 다 완성되었나?"

"네, 전하. 지금 막 들어오고 있습니다."

클레어는 오른손을 내밀며 성문 쪽을 가리켰다.

말발굽 소리와 함께 두 마리의 말이 마차를 이끌고서 빠른 속도로 오를레앙을 향해 달려오고 있었다. 정원 한가운데 깔린 도로 위를 질주하더니 오를레앙의 옆에 정확하게 멈춰섰다.

"이거 콜드란세 아닌가요?"

"네, 하지만 어제 하루 동안 개조 과정을 거쳤습니다."

마리에타의 질문에 마리안느는 살며시 웃으며 대답했다.

마리안느는 콜드란세 앞으로 살며시 이동한 뒤 마차 이곳저곳을 가리키며 설명에 들어갔다.

"오를레앙 전하 전용 마차인 콜드란세를 6인용으로 개조했습니다. 말은 두 마리만으로 충분하도록 구조를 바꾸었지만 속도는 예전과 그대로입니다. 대(對) 마법 코팅 처리를 해서 서클 5 이하의 마법에 충격을 받지 않도록 성능을 향상시켰고, 진흙탕이나 얕은 수로는 거뜬히 건너갈 수 있도록 바퀴의 크기와 내구성을 향상시켰습니다. 기존에는 경사 30도까지 올라갈 수 있었지만 새롭게 개발한 기술을 도입한 결과 40도까지…….”

마리안느의 설명이 끝을 모르고 계속 이어지자 마리에타는 현기증을 느끼고 하마터면 쓰러질 뻔했다. 그 틈을 노려 오를레앙이 잽싸게 부축하려고 했지만 그보다 먼저 카트린느가 움직였다.

'더 이상 마차라고 말하기에도 곤란한 물건이 되어버렸군. 이런 식의 발상은 역시 쥴리앙의 핏줄을 타고나지 않는 한 못하겠지.'

레이지는 오를레앙의 행동과 말을 보고 들을 때마다 쥴리앙의 젊은 시절이 자꾸만 떠올랐다. 보고 있기만 해도 절로 웃음을 터지게 만들어서 그의 앞에서 무표정을 유지하려고 나름 고생했던 기억도 함께 떠올랐다.

“자! 타십시오. 콜드란세와 함께라면 이 대륙 어디든 가지 못할 곳은 없을 겁니다. 두근거리면서 동시에 안락한 모험을 약속 드리겠습니다.”

오를레앙의 미소와 함께 반짝이는 이빨이 입술 사이로 드러났다. 마리에타는 카트린느의 부축을 받으며 마차 안에 탔다.

'쥴리앙. 네 아들은 무사히 돌려보낼 테니 너무 걱정하진 마라.'

레이지는 왕궁을 한 번 응시한 뒤 마차 쪽으로 몸을 돌렸다.

'그리고 네 말대로 엘레노어도 만나러 가겠어.'

제이워드가 죽었다고 알려진 지금, 마법사로서 가장 높은 곳에 도달한 여성이며 어떤 면에선 쥴리앙보다 더 도움이 될지 모르는 인물이다. 제이워드가 숨겨주었던 마법 연구소 중 하나가 그녀가 머무르고 있는 암흑의 숲 근처에 있기에 언젠가 가긴 가야 했다.

'영혼 전이 마법에 대해 알아봐야 하고, 제국의 잔당들에 대해 직접적으로 물어보기엔 그녀만큼 적합한 대상은 없지.'

남은 문제는 엘레노어가 레이지를 받아들일지 아닐지였지만, 여자에 관해서는 그 누구보다 냉철한 판단력을 지닌 쥴리앙이 문제없다고 판단했으니 그것 역시 쉽게 해결될 게 분명했다.

'5년 만이겠군. 잘 지내고 있으려나?'

레이지는 거의 서른 살 가까이 젊어진 자신을 보고 그녀가 어떤 표정을 지을지 사뭇 기대되었다.

"레이지님! 어서 타십시오!"

"알겠습니다, 오를레앙 전하."

*   *   *

줄리앙은 창문 밖을 응시하며 와인잔을 살짝 들어 올렸다.

"내가 제이워드를 처음 만났을 때도 저 녀석 나이 때였지."

잔을 비운 그는 도로 채우기 위해 와인병을 집어 들었다. 벌써 세 병째 홀로 마시고 있었지만 취기는 전혀 돌지 않았다.

그의 시선은 마차 콜드란세를 향하고 있었다. 모래바람을 일으키며 빠른 속도로 정원을 질주한 탓에 경비병들이 화들짝 놀라 옆으로 비켜섰다. 아버지를 싫다고 대놓고 드러내는 주제에 하는 행동은 젊었을 때의 줄리앙을 똑 닮은 아들이었다.

'부럽구먼.'

젊었을 때처럼 제이워드와 함께 떠나고 싶었다.

하지만 왕이라는 지위는 그걸 용납하지 않았다. 뒤에서 그를 지원하는 게 최선의 방책이었다.

'잘 다녀오거라, 오를레앙. 여자는 작작 밝히도록 하고. 뭐, 들을 리야 없겠지만.'

아들이 밖으로 나가 어떻게 행동할지는 이미 쥴리앙의 머릿속에 훤하게 계산된 지 오래였다. 막상 보내고 나니 제이워드에게 도움이 될지 방해만 될지 갈등했지만 너무 깊게 생각하지 않기로 했다.

그는 빈 와인잔에 술을 따르려다가 귀찮음을 느끼고 와인잔을 뒤로 휙 내던졌다. 그리고 병째 와인을 들이켰다.

"과음은 좋지 않습니다, 폐하."

"오, 그대인가."

쥴리앙은 조용히 방에 들어온 한 여성을 반가이 맞이했다.

"아무래도 아들 녀석이 걱정되어서 말이야."

"오를레앙 전하에 대한 폐하의 사랑이야 다들 잘 알고 있습니다."

40대 초반의 나이에 들어선 그녀는 과거 쥴리앙의 경호부대에 소속되어 있었다. 지금은 눈가에 자리 잡은 주름이 세월의 흐름을 나타내고 있지만, 젊었을 당시엔 뛰어난 마법으로 나름 부대에서 활약하던 아리따운 여성이었다.

그러나 아버지의 갑작스런 죽음으로 인해 본국으로 급히 귀국해야 했고, 아버지의 유언에 따라 정해진 가문으로 시집을 갔다.

"지금와서 말하기는 좀 그렇지만, 알다시피 이번 임무는 이제까지와 비교할 수 없을 만큼 위험하다네. 그대는 물론 가족의 목숨까지 위태로워질 수 있소."

줄리앙의 우려에 그녀는 인자한 미소를 지었다.

"그 어떤 위험이라 한들, 과거 대륙 전쟁 시절과 비교할 수 있겠습니까?"

"그 대륙 전쟁에서 살아난 몇 안 된 전우… 가 그대 아닌가. 그래서 더욱 걱정이 된다네."

줄리앙은 갑자기 말을 더듬거리더니 헛기침을 했다.

그녀는 이제와서 점잖은 척하는 줄리앙에게서 그가 왕자였을 때를 기억해 냈다.

"제가 전쟁 속에서도 결국 살아남은 이유는, 먼저 간 동료들이 이루어놓은 평화를 지키기 위해서라고 생각합니다. 혹시 잘못되더라도 그들 곁으로 갈 수 있으니 행복하게 여겨야죠."

"그래…… 그렇지."

살아남은 자들은 죽은 자들이 못 누린 행복과 즐거움을 대신 만끽할 의무가 있다. 그러면서 먼저 간 이들을 그리워해야 하는 아픔도 함께 가슴에 품어야 한다.

과거 전쟁에서 수많은 동료들을 잃어야 했던 자들만이 이해할 수 있는 이야기였다.

"그러면 전 이만 실례하겠습니다."

그녀는 정중히 인사를 한 뒤 모습을 감추었다.

줄리앙이 다시 창문 밖을 바라봤을 땐, 이미 콜드란세는 시야에서 벗어난 지 오래였다.

　'아들을 잘 부탁할게, 제이워드.'

Chapter 30

어둠 속에서 진행되는 음모

1

프라디나스 대륙 전쟁이 크루디아 제국의 패배로 끝난 지 4년이라는 시간이 흘렀다.

하늘을 향해 높게 솟아올라 있던 제국의 수도 켈티스 성은 대마법사 제이워드의 마법에 의해 완전히 초토화되었으며, 허름한 성터만 남게 되었다. 다시 제국은 부활할 수 없다는 의미로 넓은 성터 곳곳에 소금이 뿌려져 풀 한 포기 자라나지 않았다.

옛 영광의 흔적조차 찾아볼 수 없는 이 황량한 공터에 한 여성이 나타났다. 등에 걸친 망토를 끌여당겨 입을 가리고 있는 그녀의 붉은색 머리카락이 바람에 휘날렸다. 반짝이는 쇳조각을 찾아 쪼고 있는 까마귀들이 그녀를 보자마자 날갯짓을 하며 다른 곳으로 날아갔다.

그녀는 성터 외곽에 자리 잡고 있는 망가진 분수대 쪽으로 발길을 돌렸다. 항상 깨끗한 물이 솟아오르던 분수대는 말라붙은 지 오래였고, 정성 들여 제작된 조각상은 얼굴 위 부분이 날아가 흉한 이미지만 남겼다.

그녀가 내민 오른손에 오러에 휩싸여 빛나자, 거친 마찰음을 내면서 망가진 조각상이 뒤로 움직이기 시작했다. 조각상이 멈추자 원래 있던 자리 아래에 지하로 통하는 계단이 모습을 드러냈다.

2

"호오, 이게 누구신가?"

두툼한 마법 서적을 탐독하던 노인이 쓰고 있던 안경을 치켜올리면서 방 안에 들어온 여성을 넌지시 바라보았다.

"1년 만인가? 나르디안 경."

"1년 하고도 2개월째입니다, 바르가스님."

"그 사이 2개월이 더 흘러갔나? 어두운 지하실 구석에 처박혀 있기만 하니 시간 감각을 죄다 잊어버렸어, 젠장."

바르가스라 불린 노인은 투덜거리면서 오른손을 살짝 들어 올렸다. 순간 불길이 손바닥 위로 치솟으면서 촛불 하나만이 만들어내던 은은한 빛을 뒤집어 삼켰다. 그가 입을 오므리며 바람을 불자 불길이 수십여 개로 갈라져 사방으로 흩어졌다. 그러자 벽에 매달려 있던 횃불들이 불타오르며 넓은 지하실을 환하게 비추었다.

열 개의 테이블 위에는 백여 개에 달하는 시험관과 플라스크가 놓여 있었고, 여러 가지 색깔의 시약들이 부글부글 끓고 있었다. 벽에 설치된 책장에는 천 권을 훌쩍 넘는 서적이 자리 잡고 있었고 그것으로도 모자라 바르가스의 옆에 산처럼 수북히 쌓여 있었다.

"계획은 잘 진행되고 있겠지?"

"네, 조만간 이곳에서 모임을 가질 계획입니다."

"낄낄낄, 얼마나 강한 자들이 모여들지 기대되는구먼."

바르가스 M. 젤킨스.

지금으로부터 30년 전에 서클 6에 도달한 마법사로 대륙 전쟁 이전에는 '아크메이지'에 가장 가까웠던 존재였다. 그의 아들 페일 M. 젤킨스는 30대의 나이에 서클 5에 도달해 핏줄의 무서움을 증명했다.

그는 대륙 전쟁 초창기에 적 마법사에게 치명상을 입고 죽음의 문턱을 오간 적이 있었다. 자신보다 한 단계 낮은 서클

5의 마법사라 얕보고 덤빈 결과였다. 결국 상대의 마나가 다 소모된 틈을 타 이기긴 했지만 그의 육체는 다시 일어서지 못 할 정도로 갈가리 찢어진 후였다.

클래스 5 이상의 사제 열 명이 사흘 밤낮으로 돌아가면서 힐링을 구사한 결과 가까스로 목숨만은 건질 수 있었다. 대신 침대 위에서 다시 일어서는 데에만 무려 3년이라는 시간을 소모해야 했다. 결국 전쟁 내내 제국군 마법사로 명성은 그의 아들 페일의 차지가 되었다.

"제이워드 그놈이 죽었으니 이제 남은 아크메이지는 나 하나뿐이겠지?"

"엘레노어는 포함시키지 않습니까?"

"그 애는 더 이상 대륙의 판도에 끼어들지 않을 거야. 제이워드가 죽은 이상 세상에 대한 미련을 완벽하게 버렸겠지. 여자란 다 그런 존재야. 낄낄낄."

부상에서 회복된 바르가스의 서클은 한 단계 낮아진 5에 불과했다. 그 이후 그는 전쟁에 참여하는 대신 연구에 몰두했다. 원래 연구파였던 바르가스는 켈티스 성 지하 5층에 위치한 비밀 연구실에 틀어박혀 고대의 마법을 해석하거나, 너무 위험하다는 이유로 금지된 마법들을 익히는 데 열중했다.

연구하는 와중 틈틈이 수련을 게을리하지 않은 결과 그는 5년 만에 원래 서클 6으로 돌아가는 데 성공했다. 다시 전쟁으로 복귀할까 생각도 해봤지만 당시 제국 쪽으로 승기가 거의 기운 터라 제국군은 그의 도움을 굳이 필요로 하지 않았다.

"혹시나 해서 물어보는 건데, 엘레노어에게도 알렸나?"

"네, 하지만 거절당했습니다."

"당연하지. 쓸데없는 일은 하지 말도록 해. 괜히 그 애가 변덕이라도 부리면 일이 골치 아파져. 속세와 결별한 이상 놔두어도 문제없어."

결국 다시 지하 연구실로 돌아온 바르가스는 마법사로서 궁극의 영역인 서클 7에 도전했다. 뼈를 깎는 듯한 노력에도 불구하고 대다수의 마법사들이 그러했듯이 더 이상 성장하지 않는 서클에 좌절하기도 했다.

그러한 때에 금지된 마법 하나를 해석하는 데 성공했다. 타인의 마나 혹은 오러 능력을 완전히 흡수해서 자신의 것으로 만드는 마법으로, 당시 그의 밑에서 제자로 일하던 엘레노어의 도움이 컸다.

하지만 이 마법은 꽤나 심각한 단점을 안고 있었다. 마나를 흡수당한 이는 반드시 죽게 되며, 진심으로 상대방이 동의하지 않으면 소유한 마나의 1/10 정도밖에 흡수하지 못하는 비효율성을 지니고 있었다.

"제자 주제에 스승인 나를 감히 추월한 괘씸한 년이지만,

자질 자체는 진짜 아까웠어. 쓸잘데없이 남자에게 홀리기나 하고 말이야."

엘레노어가 전장으로 떠난 뒤 홀로 남게 된 그는 켈티스 성을 떠나 크루디아 제국 동부 지방으로 터전을 옮겼다. 그로부터 몇 년 뒤 제국이 멸망했다.

"참, 그 칸나라는 여자 말이야. 이번에도 꽤 싱싱한 아이들을 보내주었더군. 덕분에 예정된 시간보다 더 빨리 끝날 거 같아."

"그거 참 다행이로군요."

나르디안의 얼굴은 미소 짓고 있었지만, 마음속까지 그렇지 않았다. 그녀는 자신의 아랫배에 살짝 손을 가져갔다가 천천히 뗐다.

"어차피 제국의 부활을 위해 희생되는 길거리의 아이들이야. 죄책감 따윈 느낄 필요가 없어. 최소한 자신을 믿어준 동료의 등 뒤를 찌르는 것보단 훨씬 도덕적이지. 안 그런가?"

"그걸 시킨 건 당신 아니었습니까?"

"그랬지, 낄낄낄."

바르가스의 소름 끼치는 웃음소리가 지하실 안에 울려 퍼졌다. 귀 안으로 파고드는 불쾌한 기분에 나르디안의 입술이 씰룩거렸다.

"제이워드가 죽은 이상, 그리고 엘레노어가 세상에 모습을 드러내지 않는 한 마법에 관해서 최고봉에 이른 자는 나 혼자 뿐이지. 정말로 잘 죽었어."

바르가스가 다시 켈티스 성을 찾았을 때엔 완전히 불타 버려 잿더미가 된 폐허만이 눈에 들어왔다. 다행히도 지하 연구소로 통하는 비밀 통로는 들통나지 않았고, 중단되었던 연구를 계속할 수 있었다.

"그런데 굳이 자네가 여기를 들릴 이유가 있나? 아직 날짜가 꽤 남았을 텐데?"

"오래간만에 직접 검을 쓸 일이 생겨서 오는 김에 들린 겁니다."

나르디안은 허리에 찬 검을 매만지며 낮은 목소리로 말했다.

"보통 방법으로는 끌어들일 수 없는 자가 있어서 말입니다."

"그래, 잘 해보게나."

나르디안은 바르가스의 인사에 대꾸도 하지 않고 계단을 올라갔다. 뜻이 맞아 손을 잡고 있지만, 서로를 대하는 기본적인 감정은 경멸이었다.

"그러면 마저 하던 일을 마쳐볼까?"

자리에서 일어난 바르가스는 책장을 향해 가다가더니 손을 뻗어 한 권의 책을 뽑아 들었다.

그러자 책장이 반으로 갈라지면서 벽 너머에 숨겨져 있는 방이 모습을 드러냈다. 유리로 만들어진 열 개의 관에 각각 한 명씩 들어가 있었다. 마치 죽은 듯이 눈을 감고 누워 있었지만 그들의 몸에서 강력한 마나가 흘러나오고 있었다.

방 가장 안쪽에는 철로 만들어진 우리가 자리 잡고 있었다. 그 안에 다섯 명의 어린 아이가 발가벗겨진 채 서로 뒤엉켜 잠들어 있었다.

바르가스는 관 안을 하나씩 살펴보며 상태를 확인했다. 지난 전쟁에서 죽은 아군 그리고 적들 중 쓸 만하다고 판단한 시체들만 따로 모은 성과였다. 바르가스가 발굴하고 해석한 마법에 의해 오랜 시간이 지나도 썩지 않은 그들은 마치 박제와 같았다.

"머지않아 이들을 깨울 날이 오겠군, 낄낄낄……."

유리관을 쓰다듬는 바르가스의 얼굴에 저절로 사악한 미소가 떠올랐다.

3

대륙 북서쪽에 위치한 고르올라 동굴.

하급 몬스터로 취급되는 고블린들이 대규모 군단을 형성해 거주하고 있는 곳으로, 단지 고블린이라는 이유만으로 얕

보고 들어간 풋내기 모험가들의 무덤으로 잘 알려져 있기도 하다.

시간마다 바뀌는 동굴의 구조는 한번 들어간 이상 쉽사리 빠져나올 수 없게 만들며, 고블린들의 체계적인 공격에 웬만한 고수라도 단독으로 들어가는 걸 꺼려한다.

그 고르올라 동굴을 탐사하기 위해 20여 명의 인원으로 구성된 탐사단이 투입된 지 열흘이라는 시간이 흘렀다.

제국을 멸망시킨 다섯 영웅 중 한 명인, 케이서스 공화국 출신의 그랜드 마스터 베른 A. 올가스의 참여는 이제까지 실패로만 끝난 탐사를 성공시킬 유일한 희망이었다.

베른의 검에 무수한 고블린들이 피를 흘리며 쓰러졌고, 나중에는 그를 보자마자 고블린들이 무기를 내던지고 도망갈 정도였다. 하지만 다른 탐사원들 모두를 보호하기엔 무리였다. 그의 활약에도 불구하고 데리고 간 탐사단 스무 명 중 열세 명이 도중에 사망할 정도로 고르올라 동굴은 만만치 않았다.

데리고 간 트레저 헌터 세 명 모두 사망했음에도 그들은 포기하지 않고 동굴 최하층을 향해 전진했다. 그 결과 그들은 제이워드가 설치한 비밀 연구소를 기어이 발견했다.

연구소 안을 가득 메우고 있는 보물들을 용병으로 따라온 이들이 보따리에 마구 주워담고 있었다. 10년은 쉬지 않고 일해야 벌 수 있는 돈을 얻었음에도 그들의 표정에는 지친 기색만 역력했다. 여기에 오기까지 겪은 공포와 고생을 감안한다면, 이 정도 보상은 당연하다고 여겼기 때문이다.

베른은 그런 그들을 묵묵히 바라보며 서 있었다. 그 역시 기쁘다는 느낌을 조금도 받지 못했다. 이렇게 험난한 곳을 혼자서 돌파한 제이워드의 대단함을 새삼 깨달을 뿐이었다.

그에 반해 한 여성만이 기쁨을 주체하지 못하고 부들부들 떨고 있었다.

"드, 드디어 내가 서클 6이 되었어……."

공식적으로 제이워드의 유일한 수제자라 알려진 칸나는 빛을 잃은 수정구를 품에 껴안고서 울먹이고 있었다.

제이워드의 비밀 연구소 탐사에 실패한 지도 벌써 열 번이 넘어버린 시점에서 그녀는 직접 탐사단에 끼어들기로 결심했다. 물론 이는 베른이 직접 참여한다는 이야기를 들은 후에 결정했다. 원래는 그보다 일찍 베른이 참여해야 했지만 여러 사정이 겹쳐 지금에 와서야 가능했다.

그랜드 마스터인 그와 함께라면 손쉽게 돌파할 거라 기대했다. 하지만 열흘이나 복잡한 동굴 안을 헤매야 했고, 베른은 칸나를 제외하고는 다른 탐사원들의 안전에 신경 쓰지 않았다. 모든 트레저 헌터가 사망하는 최악의 상황에 치달았지만, 베른의 무력 돌파 덕분에 가까스로 비밀 연구소를 발견할 수 있었다.

"이제 서클 하나만 더 올리면 그 망할 제이워드를 넘어설 수 있어! 날 매번 무시했던 그 인간과 동급이 되는 거야!"

그녀는 기쁜 나머지 제이워드에 대한 욕설을 마구 늘어놓으며 웃음을 터뜨렸다. 그러나 바로 그때, 베른의 오른손이 칸나의 목을 붙들고서 높이 들어 올렸다.

"입 다물어라."

"케엑!"

숨이 막히는 고통 속에서 칸나는 눈앞이 흐려졌다. 동굴 안에 들어와서 단 한 번도 입을 열지 않았던 베른의 목소리는 두려움 그 자체였다.

칸나가 들고 있던 수정구가 아래로 떨어지면서 산산조각 났다. 괴로움을 이기지 못하고 흘러내린 눈물과 콧물 때문에 그녀의 얼굴은 엉망이 되었다. 베른은 손에 힘을 더 주어 목을 꺾어버리려고 했지만, 나르디안의 부탁을 떠올리고선 칸나를 멀리 내던졌다.

"크억!"

벽에 등을 부딪친 칸나는 허리를 움켜쥐고 바닥에 쓰러졌다. 뼈마디가 쑤시는 고통 때문에 얼굴은 잔뜩 일그러졌고, 터진 입술 사이로 피가 흘러내렸다.

베른은 칸나의 앞에 우뚝 서더니 매서운 눈으로 그녀를 내려다 보았다. 거대한 덩치의 그가 만들어낸 그림자에 덮인 칸나는 화들짝 놀라 상체를 일으켰다.

"내 앞에서 또 다시 제이워드를 욕한다면, 네 목숨은 없다."

"아, 알겠어요! 다시는 그러지 않겠어요!"

"충고는 이번이 마지막이다."

칸나의 확답을 들은 베른은 뒤돌아서더니 비밀 연구소 밖으로 걸어나갔다. 둘을 멀뚱히 지켜보고 있던 용병들은 베른이 사라지자 다시 보물들을 챙기기 시작했다.

그의 등을 노려보는 칸나의 두 눈은 분노로 불타오르고 있었다. 다시 터져 나오려는 눈물을 참기 위해 어금니를 꽉 깨물었지만, 그녀의 의사와 상관없이 두 뺨은 땀과 눈물 때문에 축축히 젖어 있었다.

'나르디안 그년도 그렇고 이놈도……. 젠장! 아크메이지가 되는 순간 너희들의 목숨은 없는 줄 알아!'

서클 6이 되면 최소한 자신을 동업자로 인식해 줄 거라 기대했다. 하지만 나르디안과 베른은 칸나 따위와는 비교도 안되는 대마법사 제이워드와 함께 싸웠던 자들이다. 그저 그의 제자라는 이점만을 이용해 손쉽게 서클을 올리려는 칸나는 이용할 도구에 불과했지 동등하게 볼 이유가 없었다.

'날 무시하던 놈들을 모두 내 발밑에 무릎 꿇게 만들겠어.

그 어떤 방법을 쓰더라도!'

4

크루디아 제국이 멸밍한 이후, 대륙의 질반을 차지했던 거대한 나라는 네 개의 왕국으로 쪼개졌다.

각각 젤로스, 메디앙, 오르고투스, 텔핀이라 명명된 국가들은 제국 전쟁 당시 반 제국 동맹에서 활약했던 나라의 왕족이나 귀족들이 건너가 지배하게 되었다. 발렌시아 왕국과 카르도니아 왕국, 그리고 케이서스 공화국과 졸다크 왕국이 그 권리를 가지게 되었다.

그 중 케이서스 공화국이 지배하게 된 메디앙은 대륙 남동쪽에 위치한 국가로서 왕정이 아닌 공화국 체계로 유지되었다. 그 메디앙 공화국 내 명문가 중 하나가 바로 켈드레 가문이다.

"이랴!"

켈드레 가문의 가주이자 오러 랭크 6의 소드 마스터 마키스 A. 켈드레는 채찍질을 하며 말의 속도를 올렸다. 오전에 보낸 부하들이 저녁이 되도록 소식도 없이 돌아오지 않았기 때문이다.

그는 며칠 전 집무실 위에 놓인 발신자를 알 수 없는 검은 편지를 받았다.

새로운 세상을 열기 위해 그대의 힘이 필요합니다. 만일 저희와 뜻을 같이하신다면 이 편지를 읽으신 후 원래 있던 자리에 그대로 놓아 두십시오. 단, 이에 응하지 않을 경우 일어날 일에 대해서는 책임지지 않겠습니다.

누가 보냈는지 알 수 없는 내용이었지만, 봉투를 봉하고 있는 인장에 찍힌 문장을 확인하는 순간 그는 겉잡을 수 없는 두려움에 빠져 버렸다.

그날 이후 마키스는 저택을 지키는 경비병의 수를 두 배로 늘렸다. 그것만으로 부족하다고 여겨 부하들을 교대로 매일 저택으로 보내 동향을 살폈다.

'제발 아무 일도 없기를!'

오늘 보낸 부하 젤딘과 크레이는 성실하기로 소문난 자들이었다. 정해진 근무시간을 단 한 번도 어긴 적이 없어서 두려움은 더욱 커져만 갔다. 차라리 그들이 임무를 제쳐두고 몰래 쉬러 갔기를 바랐다.

한 시간 넘게 말을 타고 달려온 마키스의 눈에 저택의 정문이 모습을 드러냈다. 그리고 정문 아래 쓰러져 있는 경비병들의 처참한 모습 역시 드러났다.

말을 급히 세워 내린 마키스는 경비병 중 한 명을 일으켜 세우려고 했다. 하지만 힘없이 미끄러지듯 쓰러진 경비병들의 복부에는 피에 흠뻑 젖은 검상이 자리 잡고 있었다.

다급해진 마키스는 정원을 가로질러 정문을 향해 뛰어갔다. 정원사는 사다리 위에 있은 채로 얼굴을 나무에 처박고 있었고, 그 아래로 핏방울이 뚝뚝 떨어지고 있었다. 피에 젖은 메이드복 위의 머리는 잘려 나가고 없었다.

마키스는 정문을 두 손으로 활짝 열었다. 그러자 강렬한 피비린내가 코 안을 비집고 들어왔다. 피로 범벅이 된 하녀들의 시체가 서로 뒤엉켜 잔혹한 광경을 연출하고 있었다.

그는 검을 꺼내 들고 계단을 올라갔다. 붉은 카펫 위로 더 선명한 붉은색의 피가 길게 이어져 있었다. 그 피의 끝은 마키스의 부인 밀레나가 있는 방에서 멈추었다.

문을 열고 방 안으로 들어간 마키스의 동작이 멈췄다.

"젤딘? 크레이?"

그의 부하 두 명이 방바닥에 쓰러져 있었다. 젤딘은 허리가 잘려 나간 끔찍한 모습이 되어버렸고, 크레이는 벽에 등을 기댄 채 두 눈을 감고 있었다.

"안 돼… 이럴 수는 없어!"

집사 돌슨은 유리창에 얼굴이 처박힌 채 죽어 있었다. 그의 시야가 닿는 곳마다 붉은색의 피만이 들어왔다.

"여, 여보……."

"밀레나!"

침대 위에 쓰러져 있던 부인이 신음 소리를 내며 힘겹게 숨을 내쉬고 있었다. 그녀의 오른손에 쥐어져 있는 단검 위에 잘려 나간 붉은색 머리카락이 흩어져 있었다.

마키스는 밀레나를 일으켜 세우며 이를 악물었다.

"이게 어떻게 된 일이오? 누가 이런 끔찍한 짓을 저질렀단 말이오!"

가슴 정가운데를 검으로 관통당한 밀레나는 고통 속에서도 억지로 미소를 지으며 남편을 바라보았다.

"붉은 머리의… 여자가… 우리들의 케이트를… 데리고……."

이제 갓 다섯 살이 된 딸 케이트를 떠올린 마키스는 주변을 둘러보았다. 잘 때도 지니고 다니던 곰인형이 방바닥에 놓여 있었다.

"케이트를… 부탁해요."

그 말을 끝으로 밀레나의 고개가 아래로 푹 수그러졌다. 마키스의 눈에서 흘러내린 눈물이 밀레나의 머리카락 위로 뚝뚝 떨어졌다.

"으아아아아!"

                        *   *   *

　"어머."

　나르디안은 걸음을 멈추고 뒤를 돌아보았다.

　"설마 그 경지에 도달해 버린 건가?"

　지평선 끝자락에 위치한 켈드레 가문의 저택에서 뿜어져
나온 강렬한 오러를 느낀 나르디안은 입꼬리를 올리며 가볍
게 웃었다.

　"하지만 너무 늦었어."

　정중한 경고를 무시한 대가는 너무나 컸다.

　켈드레 저택을 홀로 방문한 나르디안은 거실에 들어오자
마자 검을 뽑아 들었다. 그녀의 검을 휘감고 있는 찬란한 오
러를 멍하니 바라보던 경비병들이 뒤늦게 고개를 숙였을 땐,
검에 의해 뻥 뚫려 버린 가슴을 바라보며 쓰러져야 했다.

　살육은 거기에서 끝나지 않았다. 나르디안은 비명을 지르
며 도망치던 하녀의 등에, 두 팔을 벌리며 그녀의 앞을 막아
섰던 노집사의 가슴에 검을 찔러 넣었다. 거의 다 죽어가면서
도 집사는 위험을 알리기 위해 밀레나의 방으로 기어갔다.

　문이 열리자마자 오러에 휘감긴 두 개의 검이 나르디안을
노리고 빠른 속도로 휘둘러졌다. 그러나 나르디안의 몸에 닿
기도 전에 반 토막 난 카펫 위에 떨어졌다.

압도적인 랭크 차이에 넋을 잃은 젤딘은 뭔가 느끼고 허리에 왼손을 가져갔다. 어느새 나르디안의 검이 그의 허리를 훑고 지나간 후였다. 기합을 지르며 크레이가 뒤늦게 달려들었지만 검에 찔린 채 벽에 처박혔다.

나르디안은 피투성이가 되어버린 방을 둘러보았다.

침대 위에 걸터앉아 벌벌 떨고 있는 다섯 살 난 케이트가 울먹이고 있었고, 그 앞을 밀레나가 오른팔을 벌리며 가로막았다.

나르디안은 케이트와 눈이 마주치자 순간 휘두르려던 검을 멈추었다. 밀레나는 등 뒤에 숨겨두었던 단검을 왼손에 쥐고 나르디안의 목을 노렸다.

본능적으로 단검을 피한 나르디안의 눈앞에 잘려 나간 머리카락이 넘실거렸다. 오러 유저도 아닌 일반인에게 머리카락이 잘렸다는 분노는 나르디안의 이성을 상실시켰다. 그녀는 원래 인질로 삼으려고 했던 밀레나의 가슴 가운데에 검을 찔러 넣었다.

검이 뽑히며 뿜어져 나온 피가 밀레나의 딸 케이트의 머리 위에 쏟아졌다. 피로 붉게 물들어 버린 케이트는 더 이상 울먹이지 않았다.

"그래, 착하지. 나는 조용한 아이를 좋아한단다."

나르디안은 자신의 오른손을 붙잡고 따라오는 케이트를

칭찬했다.

케이트의 눈동자는 죽어 있었고, 입을 살짝 벌린 채 정면만 바라보고 있었다. 밀레나의 죽음을 눈앞에서 본 충격은 어린 소녀에게 단 하나의 단어만 떠오르게 만들었다. 케이트의 작은 입이 뻐끔거리며 그 단어를 나타내고 있었다.

'엄마.'

5

프라디나스 대륙 북동쪽에 위치한 암흑의 숲.

이름 그대로 한 번 발을 디디면 울창한 수풀 때문에 낮에도 밤인 듯한 착각을 불러일으킨다. 이러한 점 때문에 무수한 몬스터들이 인간의 눈을 피해 터전을 마련했지만, 단 한 명의 여성 때문에 전멸당하거나 주변 숲으로 이동해야 했다.

그 숲 한가운데에 위치한 마탑은 인간이 거주하고 있음을 알려주고 있었다. 숲 위로 높이 솟아오른 마탑의 높이는 50미터를 훌쩍 넘어섰다.

그 마탑을 향해 검은 복면을 뒤집어쓴 자들이 조심스럽게 접근하고 있었다. 그들의 목표는 마탑에 거주하고 있는 여성에게 편지를 전하면 끝이었다. 다른 곳에선 남들의 눈에 들키지 않고 용이하게 임무만 해결하고 빠져나온 그들이었지만,

지금 만큼은 온 신경을 곤두세우고 신중하게 다가가는 중이었다.

여섯 명의 침입자가 각기 다른 방향으로 마탑으로부터 300미터 거리까지 접근했을 무렵, 마탑 주변의 공기가 돌연 바뀌었다.

"총 여섯 명이로군."

암살자들의 귓속으로 여성의 날카로운 음성이 파고들었다. 복면으로 감춰진 그들의 얼굴이 순식간에 새파랗게 질렸다.

"여긴 그 누구의 침입도 허용하지 않는다는 말을 못 들었을 리 없을 테고, 그걸 알고 온 이상 딱 한 명만 살려두겠다."

억양이나 어조의 변화 없이 이어진 여성의 음성에 그들의 등줄기에 소름이 쫙 돋았다. 그들의 목표는 순식간에 살아 도망치는 걸로 급변했다.

하지만 왔던 방향으로 몸을 돌린 순간, 그들의 동작은 일제히 멈춰졌다. 마탑을 중심으로 지면을 타고 퍼져 나온 마나가 어느새 거대한 원을 형성했고, 그 안에 포함된 침입자들의 움직임을 완전히 봉쇄했다.

그리고 시계 방향으로 한 명씩 숨을 거두었다. 강렬한 불길에 휩싸여 순식간에 재가 되어버리고, 차가운 얼음 속에 가두어지더니 산산조각 나 땅바닥에 흩어졌다. 날카로운 바람이 휘몰아지면서 크고 작은 상처를 입고 쓰러진 침입자 아래로 피가 흥건하게 흘러나왔다. 마른 하늘에 떨어진 벼락에 몸을 관통당해 시커멓게 타버리기도 하고, 서 있던 자리가 진흙으로 바뀌어 땅속으로 빠져들 듯이 사라지기도 했다.

동료들이 하나둘씩 차례대로 죽어가는 걸 알아챈, 마지막으로 남은 침입자의 몸이 부들부들 떨기 시작했다. 그런 그 앞에 한 여성이 모습을 드러냈다.

30대 중반의 외모를 지닌 그녀의 긴 머리카락이 바람에 넘실거리듯 흔들렸다. 공중에 떠올랐던 그녀의 두 발이 천천히 착지하자 길게 기른 검은색의 머리카락이 땅바닥에 닿았다.

그녀의 몸에서 뿜어져 나오는 강렬한 마나에 침입자는 완전히 압도되어 움직일 수 없었다. 입안에 머금고 있던 독약을 깨물기 위해 턱에 힘을 주었지만 부들부들 떨 뿐이었다.

그녀는 오른손을 느리게 들어 올리더니 침입자의 복면 위에 손을 갖다대었다.

"역시, 그랬군."

멀리서 들렸을 때처럼 억양의 변화 없이 건조한 목소리였지만, 형용할 수 없는 공포와 두려움이 침입자를 사로잡았다.

그녀는 침입자의 품에 손을 집어넣고서 검은 편지 봉투를 꺼냈다. 봉투를 봉하고 있는 인장을 보자마자 그녀의 입가에 쓸쓸한 미소가 자리 잡았다. 그녀는 안의 내용을 확인해 보지도 않고 그대로 불태워 버렸다.

"가서 전해라. 다시 날 찾지 말라고. 난 더 이상 세상의 흐름에 관여할 생각이 없다는 것과 함께."

그녀가 오른손을 크게 휘젓자 침입자의 모습이 순식간에 사라졌다.

"휴우……."

그녀는 한숨을 내쉬면서 마탑 주변에 퍼뜨렸던 마나를 거두어 들였다. 그러자 몸이 마나로 인한 빛에 휘감기면서 얼굴이 느린 속도로 변하기 시작했다.

마나가 도로 몸속으로 들어가자 그녀의 얼굴은 20대 중반으로 젊어졌다. 특유의 날카로운 눈매가 더욱 매서워졌고 약간 내려앉은 콧날이 오똑하게 섰다.

"이제 와서 잊힌 망령을 다시 부활시키려고 하다니. 다 부질없는 짓에 불과한데."

그녀는 다른 이들의 집념과 어리석음에 안타까워하면서 한 남자의 얼굴을 떠올렸다.

"아크메이지가 된다면, 생각해 보도록 하지."

결국 그의 말대로 그녀는 아크메이지가 되었지만, 정작 그 약속을 들어줘야 할 제이워드는 이 세상에 존재하지 않았다. 마음속의 갈등을 이기지 못하고 그의 곁을 떠났을 때 겪었던 고통 따위, 그가 사라졌다는 사실에 비하면 아무 것도 아니었다.

"그렇게 사라지는 게 어디 있어. 바보……."

그녀의 입술이 작게 속삭이며 원망 섞인 푸념이 흘러나왔다.

엘레노어 M. 메이오르.

제이워드가 죽은 지금 사람들에게 알려진 유일한 아크메이지로, 원래는 크루디아 제국 황실의 핏줄이 흐르고 있는 여성 매직 유저이다.

"차라리 계속 미워할 수 있도록 살아 있을 것이지……."

Chapter 31
5년 만의 재회

1

베르시아 신성력 1382년 6월 19일.

프라디나스 대륙 전쟁이 시작된 지 어느덧 18년이라는 시간이 흘러갔다.

크루디아 제국의 막강한 전력은 원래 차지하던 대륙의 반이 아닌, 3/4까지 점령하기에 이르렀다. 그러나 발렌시아 왕국을 위시한 반 제국 동맹이 짜임새를 갖추면서 전쟁은 혼전의 양상에 들어섰다.

전투가 벌어질 때마다 제국과 반 제국 동맹의 시체들로 인

산인해를 이루었다. 끝이 보이지 않을 정도로 반복된 혈투 속에서 젊은 실력자들이 두각을 나타냈고, 그 중 단연 압도적인 집단은 30대 중반의 마법사 제이워드가 이끄는 돌격부대였다.

「으윽.」

제국군의 마법사, 엘레노어 M. 메이오르의 입에서 신음 소리가 흘러나왔다. 그녀가 이끌고 온 부하들은 제대로 싸워보지도 못하고 상대편 마법사의 마법에 불타 잿더미가 되어버렸다. 그녀가 서 있는 땅바닥 주변은 시커멓게 타 검게 변해버렸다.

엘레노어는 피로 물든 왼쪽 어깨를 오른손으로 꽉 누르면서 고통을 이겨냈다. 그녀는 100미터 정도 떨어진 곳에 서 있는 남자를 노려보며 어금니를 질끈 깨물었다.

「헉, 헉…….」

제이워드는 거칠게 숨을 몰아쉬며 아래로 축 늘어진 오른팔을 왼손으로 붙들었다. 그와 함께 따라온 병사들은 엘레노어의 마법에 휘말려 갈가리 찢겨 나갔다. 병사들의 잘려 나간 다리와 팔이 제이워드의 주변에서 나뒹굴고 있었다. 시체에서 흘러나온 피 때문에 땅바닥이 붉은색으로 변해 젖어 있었다.

마법사로서 둘 다 똑같은 서클 6이었다. 하지만 빠른 속도의 마법 시전과 마법의 위력, 총 마나량에서 엘레노어가 다소 우위에 있었다. 그 결과 초반의 승기는 엘레노어 쪽으로 기울었다.

그러나 시간이 지나갈수록 제이워드가 유리해지기 시작했다. 대륙 전쟁이 시작된 해부터 전쟁터에 뛰어든 그의 머리와 몸에 쌓인 전투 경험, 분노에 휘둘리지 않고 냉정한 사고에 기반하는 최적의 전투 방식은 결코 녹록하지 않았다.

30분 넘게 서로 마법을 주고받으며 숨 돌릴 틈 없는 마법전이 이어졌다. 그 사이 그들이 끌고 온 부하들은 서로 죽고 죽이는 혈전을 벌였다.

더 이상 시간을 끄는 건 위험하다고 제이워드와 엘레노어는 동시에 판단했다. 그런 둘의 선택은 똑같이 고위 마법의 구현이었다.

제이워드의 플레임 드래곤과 엘레노어의 윈드 와이번이 구현되어 상대방을 향해 강력한 공격을 퍼부었다. 모든 걸 불태울 듯한 강렬한 불길과 산산히 찢어갈기는 날카로운 바람의 칼날이 거세게 격돌했다.

마법이 사라진 뒤 살아서 서 있는 사람은 단 두 사람뿐이었다. 제이워드와 엘레노어는 서로의 움직임을 계속 주시하면서 빈틈만을 노리고 있었다.

'슬슬 도착할 시간이 되었는데.'

제이워드는 뒤쪽에서 느껴지는 강렬한 기운을 알아채고 가볍게 미소를 지었다. 엘레노어 역시 마찬가지였다.

「프레드릭!」

「늦지 않아서 다행이야.」

프레드릭은 오러로 빛나는 검을 움켜쥐고서 제이워드의 앞에 섰다.

「엘레노어님, 괜찮으십니까?」

「헬리오스 경, 난… 괜찮아. 저놈을 쓰러뜨리기 전까진 죽을 수 없어!」

40대 중반의 오러 유저 헬리오스 A. 레이오드는 엘레노어가 살아 있다는 걸 확인하고서 안도의 한숨을 짧게 내쉬었다.

두 오러 유저는 간격을 유지한 채 상대를 살폈다.

'헬리오스 A. 레이오드를 여기서 만나게 되는군. 나와 같은 랭크 6의 소드 마스터라고 들었어. 마음 같아서는 여기서 결판을 내고 싶지만, 지금은 때가 아니야.'

운이 좋다면 서클 6의 위치와 랭크 6의 소드 마스터를 동시에 해치울 수 있다. 하지만 바꾸어 말하면 프레드릭 본인은 물론이고 제이워드마저 죽을 가능성도 무시할 수 없다.

이 상황에서 프레드릭이 택한 최선의 방책은 먼저 공격하지 않고 제이워드와 함께 안전하게 후퇴해 훗날을 기리는 것이었다. 상대 마법사가 입은 부상만큼 제이워드의 부상 역시 만만치 않았기에 시간을 오래 끌어서도 안 되었다.

「헬리오스 경! 지금이야! 제이워드를 쓰러뜨릴 수 있는 절호의 기회라고!」

반면 엘레노어는 목소리를 드높이며 물러설 생각 따윈 하지 않았다.

「당신을 무사히 데리고 돌아가야 합니다. 저 젊은이도 비슷한 생각을 품고 있을 겁니다.」

「아직 내 마나는 충분해! 그러니……」

엘레노어는 헬리오스의 등을 보고 입을 다물었다.

태연한 척 서 있었지만, 등에 입은 상처에서 흘러내리는 피가 심상치 않았다.

「마법이 완성될 때까지 상대의 움직임을 막아줘.」

「그 정도는 가뿐합니다.」

「젠장! 눈앞에서 물러나야 하다니!」

엘레노어는 분함을 이기지 못하고 입술을 깨물었다. 말라붙어 갈라진 입술 아래로 피가 흘러내렸다.

20대 초반임에도 불구하고, 대부분의 매직 유저들은 60대에 들어서도 도달하기 힘들다는 서클 6의 경지에 가뿐히 올라선 그녀였다. 그만큼 매직 유저로서의 자부심도 대단했다.

하지만 지금 그녀의 고집은 단순히 자부심 때문만이 아니었다. 볼모로 잡혀 있는 어머니를 황실에서 빼내기 위해선 하루라도 더 빨리 눈에 띄는 공적을 세워야 했다. 제이워드를 죽일 수 있다면, 지난 몇 달 동안 전쟁터를 돌아다니며 쌓은 공적 따위 무시해도 될 정도였다.

엘레노어는 두 손을 땅바닥에 대고 룬 문자를 읊기 시작했다. 그녀를 둘러싸는 마법진이 형성되더니 땅바닥에 안착했고, 백색의 빛이 보라색으로 바뀌었다.

「제이워드! 내 이름은 엘레노어, 엘레노어 M. 메이오르! 반드시 기억해·둬라! 다음에 만난다면 이 같은 일은 절대 반복되지 않을 거다!」

엘레노어가 내뱉는 단어 하나하나에 한이 서려 있었다. 제이워드는 그녀의 분노를 특유의 무표정한 얼굴로 받아넘기면서 공간 이동 마법이 완성되는 걸 지켜보고만 있었다.

엘레노어와 헬리오스의 모습이 완전히 사라지자, 제이워드는 손에 힘을 빼 붙들고 있던 프레드릭의 오른팔을 놔주었다.

「왜 날 막았어?」

「저 여자, 생각보다 훨씬 영리해. 공간 이동 마법을 시전하면서 동시에 공격 마법도 따로 준비 중이었어. 분노를 주체 못하고 날뛰는 주제에, 상대가 조금이라도 빈틈을 보인다면 놓치지 않을 집요함을 갖추고 있어.」

「아쉽지는 않아?」

「널 희생양으로 삼았다면 두 사람 모두 해치웠을지도 모르지. 하지만 그렇게까지 하고 싶지 않았어.」

3년 전에 줄리앙의 소개로 만난 두 사람은 열 살이나 되는 나이 차이에도 불구하고 서로 격의 없이 이야기를 주고받는 사이가 되었다.

「널 이 정도로 몰아붙일 정도였으니 상당한 실력의 마법사였겠지?」

프레드릭은 피가 뚝뚝 흘러내리고 있는 제이워드의 오른팔을 바라보았다. 그것 말고도 베인 상처가 온몸에 수두룩 했다. 이렇게 부상을 심하게 입은 제이워드를 보기는 처음이었다.

「그래, 다음에 다시 만난다 해도 누가 이길지 모르겠어.」

제이워드는 희미해져 갔던 스승의 뒷모습을 떠올리며 씁쓸하게 웃었다.

'약간이지만 닮았어. 특히 뒷모습은……'

아주 미세한 정도에 불과했지만, 그녀를 상대로 퍼부은 마법은 시전 속도나 위력이 격감된 상태였다. 진짜 냉철하게 상대했다면 아슬아슬하게 제이워드의 승리로 끝났을 가능성이 높았다.

「나도 아직 무른 거 같아.」

「네가? 말도 안 돼.」

제이워드는 말없이 왼손으로 목에 걸린 펜던트를 어루만
지고 있었다.

2

덜컹.

바퀴가 튀어나온 돌 위를 지나가면서 마차가 심하게 흔들
렸다. 창문 턱에 팔꿈치를 대고 졸고 있던 레이지는 두 눈을
떴다.

"레이지, 깨어났어요?"

"아, 잠시 잠이 들었군요."

흐려진 시야 속에서 마리에타의 긴 금발이 순간 검은색으
로 비춰졌지만, 눈을 깜박거리자 이내 원래의 색으로 돌아가
버렸다. 시체가 타오르는 냄새로 가득했던 전장 대신 아늑한
분위기의 마차 안의 상쾌한 공기가 코 안으로 스며들었다. 마
음 놓고 등 뒤를 맡길 수 있었던 전우 대신, 느끼한 얼굴과 경
박스러운 올백머리의 왕자가 맞은편 좌석에 앉아 있었다.

마지막까지 같이 싸우던 동료 중 지금 이 순간 그의 곁에
있는 이는 없었다. 프레드릭과 베아트리체는 각각 졸다크 왕
국과 교단의 성지 베르디아로 돌아갔고, 나르디안은 배신자
가 되어 돌아섰다. 베른의 경우 나르디안에게 품고 있는 감정

을 생각한다면 그 역시 마찬가지일 것이다.

"그러니까 마나를 소모하는 방식에 있어서 그렇게 활용하면 좀 더 효율적이 된다 이거죠?"

"네, 듀얼 마스터 세이지라면 평상시에도 빠른 속도로 마나를 회복할 수 있지만 순수한 매직 유저라면 최대한 집중력을 흐트러뜨리지 않고 유지하는 방법이 최선입니다. 한 가지 방법으로 마나를 사용하는 데 특화시키는 것 역시 하나의 방법이라고 볼 수 있겠지만……."

같은 매직 유저라는 점과 여성이라는 사실에 마리에타와 마리안느는 서로 열심히 이야기를 주고받는 중이었다. 서로 비슷한 서클의 마법사라는 점 덕분인지 둘 사이는 꽤나 친밀해진 터였다.

"레이지님, 이제 슬슬 목적지가 어디신지 가르쳐 줘도 되지 않습니까?"

오를레앙은 오른손에 쥐고 있는 와인잔을 빙그르 돌리며 얼굴을 불쑥 내밀었다.

"그건 나중의 즐거움으로 남겨두도록 하겠습니다. 조금만 더 참아주시길 바랍니다."

"새로운 아름다움을 그곳에서 발견할 수 있습니까?"

"그건 확실히 장담할 수 있습니다."

그렇게 대답하고서 레이지는 시선을 창문 밖으로 돌렸다.

지금 지나가는 도시는 발렌시아 왕국의 북쪽 국경선에 위치한 도시 네드란이다. 제이워드였을 시절 줄리앙과 함께 서너번 들린 적이 있는 낯익은 도시였다.

정북쪽에 위치한 베르시아 교황령, 북서쪽의 칼루아 왕국과 인접한 유일한 도시인지라 매일 막대한 양의 교역 물품이 오가는 상업도시이다.

상점가가 밀집한 지역이라 그런지 상호가 큼지막하게 적혀 있는 간판들이 들어서 있었고, 손님들의 시선을 끌기 위한 상인들의 목소리가 크게 울려 퍼졌다. 하지만 지금 가장 이목을 끌고 있는 건 발렌시아 왕가의 문장이 새겨진 화려한 마차, 콜드란세였다. 거리를 순찰 중이던 경비병들은 문장을 알아보더니 부동자세를 취한 뒤 경례를 붙였다. 창문 밖으로 지켜보던 오를레앙은 손을 들어 답례를 했다. 바로 그 순간 그의 눈동자가 빛났다.

"카트린느, 마차를 멈추도록."

그의 말에 콜드란세가 멈추었고, 오를레앙은 반쯤 남은 와인을 단숨에 비웠다. 그리고 두 손으로 기름기 넘치는 머리를 뒤로 쓱 넘겼다.

"마리안느, 그걸."

마리안느는 에이프런 안에서 장미꽃 한 송이를 꺼내 오를레앙에게 건넸다. 그리고 마차 문을 열었다.

오를레앙이 마차에서 내려 모습을 드러내자 지나가던 시민들은 휘둥그레 눈을 뜨고 그를 주시했다. 오를레앙은 장미꽃의 향기를 맡고서 미소를 짓더니 한 여성을 향해 걸어가 왼쪽 무릎을 꿇고 장미를 내밀었다.

"당신의 아름다움은 마치 도로 옆에 핀 수수하면서도 강인한 생명력을 지닌 들꽃과 같군요. 혹시 시간이 되신다면 저와 함께 진실된 아름다움에 대해 이야기해 보시지 않겠습니까?"

"네?"

20대 중반의 여성은 오를레앙의 돌출적 행동에 어쩔 줄 몰랐다. 그녀와 함께 따라오던 남성은 인상을 찌푸렸지만, 오를레앙이 타고 온 콜드란세를 보고선 안색이 새파랗게 질려 버렸다.

마리에타와 마리안느는 열린 문 밖으로 얼굴만 살짝 내밀어 오를레앙을 바라봤다. 여자들의 시선은 오를레앙에 고정된 그대로였지만, 남자들의 시선은 본능적으로 두 미녀를 향해 움직였다.

"오늘만 벌써 몇 번째죠?"

"두 번째입니다. 왕궁을 떠난 이후로는 정확히 스물세 번째입니다."

무표정한 얼굴로 대답하는 마리안느와 달리 마리에타는 한숨을 길게 내쉬었다.

"아무래도 저 여성 옆에 있는 남자, 남편 같죠?"

"네. 마리에타님도 그렇게 생각하시는 걸 보니 확실할 겁니다."

마리안느는 고개를 마부석 쪽으로 돌려 카트린느에게 손짓했다.

"카트린느, 전하를 끌고 와. 불륜은 안 된다고. 발렌시아 왕가의 이름에 먹칠하는 행위는 막아야 해."

"알았어."

카트린느는 고삐를 내려놓더니 위로 풀쩍 뛰어올랐다. 정확하게 오를레앙의 뒤에 착지하자, 몰려들었던 시민들 사이에서 절로 박수 소리가 터져 나왔다.

"전하."

"응? 무슨 일이지?"

카트린느는 대답 대신 오를레앙의 뒷덜미를 붙들었다.

"무례를 용서해 주십시오."

"이, 이봐! 난 아직 이야기가 다 안 끝났다고!"

"모두 발렌시아 왕실을 위해서입니다."

"아름다움을 보고 그냥 지나칠 수는 없어!"

"소용없습니다."

카트린느는 오를레앙을 거의 질질 끌다시피하면서 억지로 마차 안에 태웠다. 마차 문이 닫히자마자 마부석으로 올라탄 뒤 고삐를 강하게 내려쳤다.

"아… 안 돼!"

오를레앙의 안타까운 목소리가 마차 밖으로 흘러나왔지만, 그의 슬픔에 동조하는 이는 마차 안에 아무도 없었다.

'역시 줄리앙의 핏줄다워. 못 말리겠어.'

오직 레이지만이 젊었을 시절의 친구를 떠올리며 살며시 미소 지을 뿐이었다.

3

베르시아 신성력 1393년 7월 27일.

레이지와 마리에타가 오를레앙 일행과 함께 길을 떠난 지 어느덧 열흘이라는 시간이 흘러갔다. 마차 콜드란세의 빠른 속도 덕분에 이동거리에 비해 레이지가 예상했던 시간의 거의 반 정도가 단축되었다.

물론 시시각각 본능을 억누르지 못하고 지나가던 미인을 발견할 때마다 콜드란세는 멈춰 섰다. 소모된 장미꽃만 50여 송이에 달했고, 오를레앙은 수십 번이 넘게 카트린느에게 끌려 억지로 마차에 타야 했다. 그럼에도 빨리 이동했기에 레이지는 그다지 다급함을 느끼지 못했다.

대신 엘레노어가 머물고 있을 곳에 점점 가까워질수록 레이지의 말수가 눈에 띄게 줄어들었다. 추억에 잠겨 지나가는 경치만 바라볼 때가 많았고, 그만큼 여러 가지 생각이 그의 머릿속에서 교차했다.

'과연 지금의 내가 엘레노어를 다시 만날 자격이 있을까?'

레이지가 알고 있는 엘레노어의 성격상, 그를 내칠 리는 없다. 오히려 죽은 줄만 알았던 자신을 반기며 기뻐할 게 분명했다.

하지만 그녀를 만나는 이유는 어디까지나 복수라는 목적 하나 때문이다. 줄리앙에게 정체를 밝혔을 때에 느끼지 못했던 깊은 죄책감에 레이지는 몇 번이나 인상을 찌푸렸다.

'하지만 고민만 할 수 없어. 어차피 그녀를 만나기로 결정한 이상, 내가 떠앉고 가야 할 문제야.'

그렇게 스스로를 설득하면서 레이지는 결심을 굳혔다.

엘레노어가 자신을 반겨줄지 아닐지의 여부를 떠나, 자신이 살아 있다는 사실만큼은 옛 전우인 그녀에게 알려야 했다.

"여기서 멈춰주십시오."

4

네드란을 지나 베르시아 교황령에 들어선 일행은 성지 바르디아까지 일직선으로 쭉 이어져 있는 대로 '베르시아의 길'을 따라 빠르게 이동했다. 성지를 방문하는 순례객들을 위해 만들어진 베르시아의 길은 믿음을 증명하기 위해 스스로 지원한 인력만으로 만들어진 '성스러운 길' 그 자체였다.

콜드란세가 멈춰선 위치는 베르시이의 길 중간 부분이었다. 마차에서 내린 일행은 레이지를 따라 동쪽 숲 안으로 걸어서 이동했다. 울창한 수풀을 헤치고 30분이 넘게 걸어간 후에야 목적지에 도착할 수 있었다.

"여기인가요?"

마리에타의 질문에 레이지는 고개를 끄덕거렸다.

'아직도 여기는 그대로군.'

제이워드였을 때의 기억을 더듬어 도착한 곳은, 말라비틀어진 나무가 홀로 초라하게 버티고 있는 공터였다. 울창하게 자라난 주변 나무들과 달리 이파리 하나 피워내지 못하는지라 한눈에 알아볼 수 있었다.

레이지는 장갑을 벗더니 양손에 각각 세 개씩 끼고 있던 마나억제용 반지를 빼내 주머니에 집어넣었다. 그러자 그동안 억눌려 있던 마나가 레이지의 몸 이곳저곳으로 스며들었다.

"레이지님, 질문이 있습니다만."

레이지가 단순히 오러 유저일 거라 생각했던 마리안느는 그의 몸에서 흘러나오는 마나가 심상치 않다고 판단했다.

"혹시 마법도 익히고 계십니까?"

"네. 그래 봤자 미흡한 수준에 불과하지만요."

의외로 순순히 대답하자 당황하는 쪽은 마리에타였다. 남들의 눈에 띄기 싫다며 반지까지 껴가며 숨겨왔던 사실을 이렇게 순순히 털어놓을 줄 몰랐기 때문이다.

"마리에타, 걱정하시 마십시오."

그녀의 불안을 알아챈 레이지는 별거 아니라는 듯 마리에타의 어깨를 토닥거렸다.

"어차피 그곳으로 가게 되면 다 밝혀질 사실이었습니다."

"그래도……."

"다 생각이 있어서 그러는 겁니다. 걱정하실 필요는 없습니다."

"레이지가 그렇다고 말하면 믿을게요. 그러고 보니 아직까지도 목적지가 어디라고 명확히 밝히지 않았죠? 여기인가요?"

"잠시만 기다려 보십시오."

레이지는 두 손으로 나무를 붙들더니 마나를 불어넣었다. 그리고 손가락을 세워 손톱으로 찢어갈기듯 양팔을 좌우로 펼쳤다.

그러자 공간이 일그러지면서 사람 한 명이 들어갈 만한 틈이 생겼다. 마리에타와 마리안느는 자신이 모르는 마법에 잠시 당황했지만, 레이지가 망설임없이 틈 안으로 들어가자 뒤따라 갔다. 오를레앙은 레이지가 한 행동을 보고 멍하니 서 있다가 카트린느의 손에 붙들려 들어갔다.

틈이 사라지면서 주변이 어두워졌지만, 이내 도로 밝아지더니 오두막 안으로 바뀌었다.

"꽤 정밀한 마법으로 구현된 공간이로군요."

"여, 여긴 도대체 어떤 마법사가 만들었기에……."

같은 매직 유저임에도 마리에타와 마리안느의 반응은 극도로 달랐다.

"마리에타님, 이곳을 보고도 놀라지 않으십니까? 이건 웬만한 마법 실력으로는 엄두도 못 낼 공간 구현 능력입니다."

"어렸을 적 할아버지께서 구현하신 걸 본 적이 있어요. 절 위해서 인형으로 가득 찬 방을 형상화시켜 주셨죠. 마치 동화 속의 주인공이 된 듯 기뻐 어쩔 줄 몰라하던 기억이 나요."

마리에타는 마법으로 구현된 오두막 벽을 손으로 매만지며 감탄했다. 주먹으로 살짝 두들겨 보니 소리까지 났다. 마리안느 역시 따라 해보고선 놀란 얼굴로 레이지를 쳐다봤다.

자신을 바라보는 시선이 명백히 바뀌었음에도 레이지는 신경 쓰지 않고 오두막 안을 꼼꼼하게 살폈다. 그녀는 그 '장소'를 수시로 바꾸었기 때문에 지금쯤은 전혀 다른 곳에 위치했을 수 있다.

"마리안느, 어느 정도지?"

레이지의 귀에 들리지 않도록 오를레앙은 귓속말로 물어보았다. 카트린느는 레이지에게서 눈을 떼지 않은 채 허리에 찬 도의 자루 부분을 오른손으로 어루만졌다.

마리안느는 두 눈을 지그시 감고 레이지의 마나만을 분별해 파악하기 시작했다. 다시 눈을 떴을 때 그녀의 두 눈은 경악으로 가득찼다.

"베이그란트의 서를 포함한다면 서클 4입니다."

"뭐? 그렇다면 순수한 서클이 3이나 되… 우움!"

자신도 모르게 소리친 오를레앙의 입을 카트린느가 급하게 틀어막았다. 레이지는 뒤를 돌아보더니 다시 벽을 바라보고서 매달려 있던 벽시계를 집어 들었다.

"굳이 귓속말을 주고받으실 필요는 없습니다. 아까 말한대로 목적지에 도착한다면 다 말씀드리겠습니다."

오를레앙은 너무 놀란 나머지 엉덩방아를 찧어버렸다. 마리안느가 다급히 달려가 오를레앙을 부축하려고 했지만, 그는 일어날 생각조차 못하고 부들부들 떠는 손으로 레이지를 가리켰다.

"레, 레이지님. 분명히 오러 랭크 3 아니십니까?"

"네. 서클도 똑같이 3입니다."

"그, 그렇다면 듀얼 마스터에 근접하신 거 아닙니까? 그것도 극히 드물다는 워락이지 않습니까!"

"따로 워락이라는 칭호로 불리기엔 아직 미흡합니다."

감탄을 금치 못하는 오를레앙을 뒤로 밀치더니 두 여성이 앞을 가로막았다. 이제까지 레이지를 바라보던, 나이에 비해 뛰어난 오러 실력을 갖춘 귀족집 도련님을 대하던 시선이 아니었다.

"왜 실력을 감추신 겁니까?"

"어떤 목적으로 전하께 접근하신 겁니까? 대답 여하에 따라서는 도를 뽑을 수도 있습니다."

순식간에 분위기가 살벌하게 변했다. 마리에타는 레이지와 오를레앙을 번갈아 쳐다보며 당황하기만 했고, 오를레앙은 아직도 정신을 못 차리고 멍하니 주저앉아 있기만 했다. 레이지 혼자만이 태연스럽게 계속 뭔가 찾으면서 바쁘게 움직이고 있었다.

"제가 뭔가 전하를 해하려는 음모를 꾸몄다면, 카트린느님과 마리안느님을 전하로부터 떼어놓고 시작했을 겁니다. 아니면 저와 동행하신다고 말씀하신 시점에서 전하 혼자만 가능하다고 대답했을 겁니다. 틀립니까?"

레이지의 지적에 두 여성은 뭐라 할 말을 찾지 못했다.

"무엇보다 제 기억이 틀리지 않는다면, 따라오신 쪽은 오를레앙 전하입니다. 제가 전하를 따라온 게 아닙니다. 틀립니까? 솔직히 이런 입장에서 제가 이런 대접을 받아야 할 이유를 도통 모르겠군요."

"하지만 당신이 왜 워락이라는 사실을 숨겼는지에 대해서는……."

"정 의심을 풀기 싫으시다면 지금이라도 돌아가십시오. 제가 들어올 때처럼 뭔가 할 필요 없이 그냥 문을 열고 오두막 밖으로 나가시면 됩니다."

레이지는 오른팔을 들어 문 쪽을 가리켰다. 상대가 조금의 미련도 없이 나가라고 권하자 괜히 나선 두 여성의 입장만 난처해졌다. 오를레앙은 자리에서 번쩍 일어난 뒤 카트린느의 손을 붙들었다.

"카트린느, 경계를 풀도록."

"알겠습니다."

"마리안느, 여기서 마법을 썼다간 그대는 물론 다른 사람까지 휘말린다."

"명을 받들겠습니다."

두 여성은 석연치 않다는 표정을 지으며 오를레앙의 뒤로 물러섰다. 하지만 오를레앙이 그답지 않게 굳은 표정으로 뒤를 돌아보자 움찔하면서 고개를 숙였다.

"레이지님, 두 사람의 무례를 대신해 사과드리겠습니다."

"아닙니다. 전하에 대한 두 분의 충성심까지 무시할 수는 없는 법이죠. 굳이 사과하실 필요는 없습니다."

"레이지님의 말대로 따라온 것은 저희들입니다. 그리고 무엇보다 마리에타님처럼 아름다운 여성이 악독한 남자를 따를 리 없습니다. 속는 셈치고 믿어보겠습니다."

"믿어주셔서 다행입니다."

레이지는 오두막 가운데 위치하고 있는 탁자를 치운 뒤 밑에 깔려 있던 카펫을 걷어냈다.

"여기였군."

검은색 선으로 그려진 원과 그 안에 자리 잡고 있는 헥사그램(Hexagram)이 모습을 드러냈다.

마리에타는 원 바깥쪽에 시계 방향으로 적혀 있는 룬 문자를 읽어 내려가더니 휘둥그레 눈을 떴다.

"공간 이동용 마법진 아닌가요?"

"역시 단번에 알아보는군요."

지정된 장소로 순간 이동시키는 마법진은 최소 서클 5 이상의 마나를 지닌 매직 유저들만이 사용 가능하다. 만드는 것 자체는 더 까다로워서 서클 6 이상의 수준 높은 매직 유저가 아니면 불가능하다.

레이지는 마법진 정가운데에 무릎을 꿇고 앉더니 두 손을 바닥에 댔다. 순간 마법진 위로 빛이 뿜어졌다가 이내 사라졌다.

"역시 저 혼자만의 마나로는 부족하군요. 마리에타, 도와 주겠습니까?"

마리에타는 망설이며 주저했지만, 레이지가 오른손을 내밀고 계속 부탁하자 조심스레 마법진 위에 올라섰다. 그리고 레이지를 마주보면서 두 손을 마법진에 가져갔다.

"아······."

몸 안의 마나가 급속도로 빠져들면서 마법진 안으로 스며들었다. 그녀가 가진 마나 대부분을 쓴다면 마법진이 발동하기에 충분했지만, 십중팔구 기절해 버릴 게 뻔했다.

"마리안느님, 부탁드려도 되겠습니까?"

"전하, 어떻게 해야 할까요?"

오를레앙은 고개를 끄덕이더니 말없이 턱짓으로 마법진을 가리켰다. 마리안느는 숨을 한 번 크게 들이마시더니 마법진 안으로 걸어 들어가 마리에타의 옆에서 두 손을 바닥에 댔다.

마리안느의 마나까지 합쳐지자 마법진을 형성하고 있는 룬 문자 하나하나가 차례대로 빛에 휘감겼다. 작은 오두막 안이 밝게 빛나면서 시야가 훤해졌다. 마나가 빨려들어 갔기 때문에 마리안느는 살짝 현기증을 느꼈지만, 허공에 떠오른 룬 문자를 바라보는 데 열중했다.

"이거, 레이지가 만든 마법진이 아니죠?"

"당연합니다."

"그러면 이걸 구성한 마법사가 걸어놓은 암호를 풀어야 할 텐데……."

그녀의 우려에 레이지는 가볍게 웃더니 룬 문자를 짧게 읊었다. 그러자 백색의 빛이 보라색으로 바뀌면서 바닥에 직혀 있던 룬 문자가 공중에 떠오르기 시작했다.

"어, 어떻게 알았죠?"

"알아야 그곳으로 갈 거 아닙니까? 나중에 다 설명해 드리 겠습니다."

허공에 떠 있는 룬 문자들이 서로 뒤엉키면서 회전하더니 천천히 가라앉기 시작했다. 공간 이동 마법이 발동 중이라는 신호였다.

"전하, 여기로 와주십시오."

"알겠습니다."

총 다섯 명이 마법진 위에 올라섰다. 오를레앙은 앞으로 신 기한 일이 반드시 일어날 것을 직감하고 기대에 부풀어 있었 다.

"마리에타."

자신의 이름을 부르는 레이지의 말에 마리에타는 고개를 들었다. 서로의 코가 거의 닿을 정도의 간격이었다.

"그 어떤 사실을 알더라도 날 믿고 따를 수 있겠습니까?"

"몇 번이나 같은 대답을 했다는 걸 잊어버린 거 아니에요?"

기억을 잃은 후 깨어난 레이지와 함께 있는 것 자체가 새로운 경험의 연속이었다. 마리에타는 그동안 겪은 일과 마찬가지로, 레이지가 미지의 세계로 자신을 인도할 거라는 예측을 대수롭지 않게 받아넘겼다.

레이지의 입꼬리가 살짝 올라가면서 만들어낸 미소는 평소와 약간 달랐다. 어차피 직접 '그녀'를 만나지 않는 이상 자신이 무슨 말을 하는지 알지 못할 테니.

"분명히 그 대답을 유보하게 될 겁니다."

레이지의 말이 끝나자 마법진에서 뿜어져 나오는 보라색 빛이 둘을 완전히 뒤덮었다. 순간 강렬한 빛이 오두막 안을 가득 메웠고 빛이 사라지자 레이지와 마리에타, 그리고 오를레앙 일행의 모습 역시 같이 자취를 감추었다.

5

암흑의 숲 한가운데에 자리 잡은 마탑.

하늘 높이 솟아오른 마탑의 최상층 방에 한 여성이 아침 늦게까지 잠에서 깨어나지 못했다.

제이워드의 사후 유일한 아크메이지인 엘레노어는 잠옷 차림으로 침대 위에 옆으로 누워 있었다. 길게 기른 검은색의 머리카락이 넓은 침대의 반을 뒤덮을 정도로 풍성했다.

"스승님."

방문 너머로 남자의 목소리가 들리자, 그녀는 아직 잠에서 덜 깨어난 몸을 일으키면서 하품을 했다.

"이제야 갔다온 거냐?"

"네, 조금 귀찮은 일이 있어서 예정보다 지체되었습니다."

방문 때문에 서로 얼굴을 볼 수 없음에도 남자는 한쪽 무릎을 꿇고서 정중하게 대답했다.

엘레노어는 헝클어진 머리카락을 빗으로 빗으면서 얼굴을 살짝 찡그렸다. 그 누구의 침입도 허용하지 않는 암흑의 숲 안으로 인간의 마나가 포착되었기 때문이다.

"제가 처리하겠습니다."

제자의 대답에 엘레노어는 엷게 미소 지으며 침대에 걸터앉았다. 지난번에는 제자가 없어서 직접 나섰지만 원래 이 일은 자신의 몫이 아니었다.

"소드 마스터 한 명에, 제법 서클이 높은 년이 포함되어 있군. 나머지 두 명은 대충 무시한다고 치고… 묘하게 꼬인 마나를 지닌 녀석도 있어. 혼자만으로 충분하겠냐?"

"어떤 이유에서인지 모르겠지만 그 중 세 명은 마나가 상당히 소모된 상태입니다. 소드 마스터 하나만 경계하면 될 겁니다."

자신감이 넘치는 대답에 그녀는 만족스러운 표정을 지으며 빗을 내려놓았다.

"혹시 모르고 들어왔을 수도 있으니 가급적 죽이지는 마라. 넌 나와 달리 함부로 손에 피를 묻혀서는 안 되잖아?"

"고려해 보겠습니다."

"그래, 네 맘대로 해라."

엘레노어는 도로 침대 위에 드러누웠다.

'혹시나 기대했지만 역시 아니었어. 죽은 그가 여기에 나타날 리가 없잖아?'

제국과의 전쟁이 막바지에 이를 무렵, 그녀는 더 이상 세상 일에 관여하지 않기 위해 스스로 암흑의 숲에 머무르기로 했다.

황실의 핏줄을 타고났다는 이유만으로 더러운 인간 군상을 수없이 봐왔다. 어머니를 볼모로 잡힌 상황에서 억지로 전쟁터에 나서기도 했다. 그 어머니가 스스로 자결한 이후엔 제국은 더 이상 모국이 아니었다.

복수심에 불타 반 제국 동맹에 투항한 이후 '다시' 만난 그는 그녀처럼 복수라는 일념 하나만 짊어지고 살아가던 인간이었다. 그러나 아이니컬하게도 엘레노어는 그를 만난 이후 복수는 잊어버리고 순수하게 여성으로서 그를 사랑하게 되었다.

그것도 한때에 불과했다.

결국 그가 자신을 받아들일 수 없다는 걸 깨달은 후엔 평생 혼자 살기로 결심했다. 유일한 수제자 쉐스를 제외하고는 거의 5년 가까이 다른 이들을 만난 적이 없었다.

"잠깐, 뭔가 이상해."

베개에 얼굴을 묻고 있던 엘레노어는 고개를 들고 눈을 깜박거렸다.

"아무래도 그곳을 이용해서 온 게 분명해. 거기는 나와 쉐스 말고 이용할 사람이 없는데? 설마……"

6

강렬한 보라색 빛이 마탑에서 남쪽으로 500미터 떨어진 곳에서 솟아올랐다. 나뭇가지에 앉아 있던 새들이 놀라 위로 후다닥 날아올랐고 토끼와 다람쥐들이 다른 곳으로 급하게 도망갔다.

"여기는 어디죠?"

"암흑의 숲입니다."

순간 마리에타는 자신의 귀를 의심했다. 대담한 레이지를 제외한 모두가 말도 안 된다는 표정으로 주변을 둘러보았다.

"설마 대륙 북서쪽에 있는 그 암흑의 숲은 아니겠죠?"

"보고도 모르시겠습니까?"

"마, 말도 안 돼요! 마법 하나만으로 이렇게 먼 곳까지 온
건가요?"

길레터 왕국을 가로질러 가는 길이를 순식간에 뛰어넘었
다는 사실에 마리에타는 경악했다. 마차를 타고 최소한 일주
일은 쉬지 않고 달려야 이동할 수 있는 거리다.

놀람을 금치 못하는 일행들과 달리 레이지는 공간 이동 마
법진의 유용성에 내심 아쉬운 기분이 들었다.

'내 비밀 연구소에도 이런 걸 설치할 걸 그랬어. 제이워드
였을 때의 마나라면 그깟 공간 이동 마법진 설치하는 데 하루
정도면 충분했을 거야.'

걸어놓은 암호를 모르는 이상 자신 말고 이용하지 못 한다
는 점을 활용한다면, 굳이 몬스터들이나 함정을 방어 체계로
이용하지 않고 마나를 숨겨둘 수 있음을 그는 뒤늦게 깨달았
다.

하지만 이미 지나간 일에 미련을 둘 이유는 없다. 지금은
옛 동료를 만나는 일에만 집중해야 했다.

'그녀가 날 알아볼지 모르겠군. 아냐, 알아보더라도 날 도
와줄지 확실하지 않아. 쥴리앙의 말대로 여기까지 왔지만, 막
상 만나려고 하니 망설여져.'

레이지는 북쪽을 향해 고개를 돌렸다. 레이지가 된 이후 처

음 찾은 암흑의 숲은 익숙함과 낯설음이 서로 뒤섞여 묘한 기분을 느끼게 했다.

"어?"

"마나가……."

마리에타와 미리안느가 두 다리를 모으고선 제자리에 폴썩 쓰러졌다. 다시 일어서려고 했지만 몸이 후들후들 떨리면서 힘이 들어가지 않았다.

"아, 급격히 마나를 소모한 탓에 몸에 힘이 빠진 겁니다. 앉아서 쉬신다면 괜찮……."

설명하던 도중 레이지의 몸에 힘이 빠지면서 무릎이 굽혀졌다.

공간 이동 마법에 소모되는 마나량은 꽤 크다. 그나마 마리안느의 마나 덕분에 이 정도에 그친 것이지, 만일 레이지와 마리에타 단둘이서만 시도했다면 공간 이동이 끝나자마자 바닥에 쓰러져 움직이지 못했을 것이다.

"으, 역시 마나 소모량이 상당해. 이러다간… 어?"

소모된 마나가 다시 차오르는 기분에 레이지는 옆구리를 살폈다. 베이그란트의 서가 빛을 발하더니 천천히 레이지의 몸에 마나를 보급해 주었다. 빛이 사라지자 레이지는 벌떡 일어섰다. 오른손에 마나를 모아 마법을 구현하자 불길이 확 위로 솟구쳤다.

'순식간에 원래의 마나량으로 돌아갔어. 이거 생각 외로 쓸 만하군. 제이워드였을 때 하나 정도 마련해 둘 걸 그랬나?'

왠지 모르게 잘나갔던 과거의 자신이 의외로 허술했다는 걸 깨닫는 하루였다.

"마리안느, 일어설 수 있겠나?"

"면목… 없습니다."

"그런 소리보단 고맙다는 말을 듣고 싶은걸? 카트린느, 마리에타님을 보살펴 드리도록."

오를레앙의 지시에도 불구하고 카트린느는 움직이지 않았다. 노골적으로 경계하지 않지만 오를레앙의 옆에 바짝 붙어 있었다. 그녀 입장에선 당연한 행동이었기에 레이지는 굳이 불쾌감을 느끼지 못했다.

레이지는 손을 내밀어 마리에타를 일으켜 세운 뒤 나무에 기대도록 이끌어주었다.

"괜찮습니까?"

"휴우, 예전에 할아버지께서 쓰시는 걸 본 적이 있었는데 당시엔 그저 신기하게만 생각했는데 막상 써보니 굉장하네요. 순식간에 몸 안의 마나가 반 토막 난 느낌이에요."

"마나 소모량에 비해 꽤 비효율적인 마법이긴 하죠. 물론 전략적 부분에선 탁월하지만 말입니다."

"그나저나, 분위기만은 진짜 암흑의 숲답군요."

아직 낮임에도 '암흑의 숲'이라는 이름답게 그림자가 짙게 깔려 있었다. 마탑 꼭대기에서 흘러내려 오는 어둠의 기운 때문에 보통 사람들은 얼씬도 못했다. 몬스터들과 맹수들 역시 마찬가지였다.

덕분에 숲을 뚫고 높이 솟아오른 마탑에 대해 여러 가지 추측이 오갔다. 수백 년 전에 죽은 대마법사의 영혼이 머물고 있다는 둥, 대륙 전쟁때 죽은 무수한 원혼들이 마탑에 모여들어 끊임없이 어둠을 뿜어낸다는 류의 소문이 무성했다.

'엘레노어라면 마법진이 사용되었다는 걸 알고 확인하러 나올 거야.'

애초에 마법진을 발동시키는 암호 자체를 엘레노어는 제이워드에게만 가르쳐 주었다. 제이워드가 돌아온 줄 알고 화들짝 놀라 허겁지겁 나타날 그녀의 얼굴이 레이지의 머릿속에 선명하게 떠올랐다.

부스럭.

수풀 사이에서 누군가 움직이는 소리가 들리자 카트린느는 반사적으로 도자루에 오른손을 가져갔다.

"아, 경계할 필요는 없습니다. 아마 마중 나온 걸 겁니다."

나타날 사람은 딱 한 명으로 정해져 있었다.

남은 건 레이지가 어떤 식으로 엘레노어에게 자신의 진짜 정체를 납득시키냐의 문제였다.

"어?"

아니, 다른 문제가 도중에 끼어들었다.

생각보다 수풀 너머에서 느껴지는 마나량이 극도로 적었다. 마나를 억제하는 방법을 썼다 해도 '그 정도' 밖에 안 된다는 걸 이해할 수 없었다.

그리고 가장 큰 문제가 레이지에게 닥쳤다.

"물러가라."

기대했던 엘레노어 대신 난생 처음 보는 남자가 수풀을 헤치고 모습을 드러냈기 때문이다.

7

"더 이상 들어오지 마라. 지금이라도 물러선다면 건들지 않겠다."

20대 초반으로 보이는 남성이 레이지 일행을 매서운 눈빛으로 노려보고 있었다.

"레이지님, 저분과 아는 사이입니까?"

오를레앙의 질문에 레이지는 고개를 저었다.

"여긴 스승님의 영역이다. 나와 스승님 말고 그 누구도 발을 디디는 걸 용납하지 않겠다."

그는 오른손에 두툼한 마법서를 쥐고 있었고, 특이하게도 매직 유저들이 잘 사용하지 않는 색깔인 회색의 로브를 걸치고 있었다.

'스승이라. 아무래도 엘레노어를 말하는 거겠지? 그런데 제자라니. 처음 듣는데?

최소한 제이워드의 곁을 떠나기 전까진 엘레노어는 제자 따윈 두지도 않았다. 그 뒤로도 제자가 생겼다는 소문은 들은 바 없었다. 하지만 엘레노어의 영역에 들어와 이런 말을 꺼낼 정도라면 청년의 말대로 진짜 제자일 가능성은 높다.

'그런데 왠지 기분 나쁜 얼굴이야. 왠지 모르겠지만 보는 것만으로도 불쾌해져.'

"나갈 생각이 없는 모양이로군."

레이지의 살짝 일그러진 표정을 대답으로 간주한 청년, 쉐스는 마법서에 마나를 불어넣었다. 그러자 마법서가 확 펼쳐지며 페이지가 휘리릭 넘어갔다. 레이지는 검을 꺼내려고 검자루를 움켜쥐었지만 도로 손을 뗐다.

"잠깐, 전 당신의 스승이라는 분과 만나려는 것뿐입니다."

"스승님과 아는 사이인가?"

"그럭저럭 알고 있는 편입니다만."

"그렇다면 이름을 말해라."

"어, 그게 말입니다……."

'지금 내가 제이워드라고… 말하면 미친놈 취급밖에 받지 못하겠지. 서클 0에 대해 아냐고 물어봐도 모를 가능성이 커. 트리플 캐스팅을 시전해 증명하려고 해도, 그걸 하도록 놔두진 않겠지.'

결국 남은 방법은 쉐스의 스승임이 확실시한 그녀의 이름을 대는 수밖에 없었다.

"엘레노어에게 전해라. 옛 친구가 왔다고."

"뭐?"

이제까지 쉐스의 반말에 공손하게 대답하던 말투가 아니었다. 스승의 친구라고 밝힌 이상 존댓말을 쓸 이유가 없었다.

"레, 레이지! 지금 뭐라고 한 거죠?"

"엘레노어? 설마 그 엘레노어가……."

반면 마리에타와 마리안느는 망치로 머리를 얻어맞은 듯한 충격에 휩싸였다. 특히 마리안느는 침착함을 잃고 말을 더 듬거리기까지 했다.

"네, 동쪽의 아크메이지 엘레노어 M. 메이오르를 말하는 겁니다."

"에, 엘레노어 '님' 께서 대륙 전쟁이 끝나기 직전 서클 7을 달성하셨다는 이야기는 들었어요. 하지만 그 이후 속세와 인연을 완전히 끊고 은거하셨다고 하는데, 이곳이 바로 그분이

계신 곳인가요?'

매직 유저인 마리안느의 입에서 절로 '님'이라는 단어가 튀어나왔다. 엘레노어의 이름은 대륙 전쟁 당시 맹활약한 제이워드만큼 잘 알려져 있지 않았다. 하지만 마법을 조금이라도 익힌 자들이라면 그 이름을 절대 잊을 리가 없다.

"너 같이 어린 녀석이 엘레노어 스승님의 친구라고? 게다가 베이그란트의 서를 빌린 주제에 서클이 4밖에 안 되는 놈이? 하! 웃기지도 않군!"

같은 서클임에도 쉐스의 말에는 자신감을 넘어선 오만함으로 가득 차 있었다. 레이지는 그런 쉐스를 바라보며 입꼬리를 살짝 올리더니 코웃음을 쳤다.

"너 그런 식으로 대답하면 곤란해지는 거 몰라?"

"무슨 소리지?"

"엘레노어는 남들 눈에 안 띄려고 이렇게 우거진 곳에 은둔한 거 아니었나? 그런데 제자라는 놈이 그렇게 쉽게 대답해 버리면 어쩌라는 거지? 성질 한번 급하군."

"……."

핵심을 찌르는 지적에 흥분했던 쉐스의 머릿속이 차갑게 식었다. 그리고 레이지가 했던 말을 하나씩 다시 곱씹기 시작했다.

'스승의 옛 친구, 그리고 나와 스승님만 알고 있는 마법진

을 이용한 점 하며, 스승님을 함부로 이름만으로 부를 정도의
사이라면……'

"설마, 그놈이냐?"

"그놈?"

레이지의 반문에 쉐스는 입술을 굳게 다물었다. 처음 레이
지를 바라봤을 때보다 배는 되는 적의를 드러내고 있었다.

"그놈이 맞다면 원래 모습을 보여라. 스승님의 친구라 자
칭하는 인간이 이렇게 어릴 리 없으니까. 분명히 지금 모습은
마법으로 변형한 것이겠지? 그놈이라면 충분히 그럴 능력이
있을 테니까."

'아차.'

레이지는 쉐스의 속내를 파악하고 뒤늦게 후회했다.

서클 0의 마법이 존재한다는 것 정도는 엘레노어도 알고
있다. 하지만 실제로 성공하기엔 무수한 노력을 필요로 한다.

결국 그런 상황에서 엘레노어나 그 제자가 생각할 수 있는
건 제이워드가 자신이 죽은 것처럼 사람들의 눈과 귀를 속이
고 다른 모습으로 변한 것 정도다.

"그게 사정이 있어서 네 스승을 직접 만나야 설명이 가능
해."

"그렇게 대답을 회피하는 걸 보니 아닌 게 확실하군."

쉐스는 중단했던 마법을 다시 시전하기 시작했다. 손으로

룬 문자를 그리는 방식은 익히 봐왔던 엘레노어의 방식과 흡사했다.

"어떻게 스승님이 계신 곳을 알게 되었는지 모르겠지만… 그걸 알고 있는 자들의 목적만은 잘 알고 있지."

쉐스는 테이지를 지난 빈 엘레노어에게 접근하려고 했던 제국의 잔당으로 오해했다.

"아무래도 그냥 지나갈 수는 없을 것 같습니다."

"저 사람하고 싸워야 합니까?"

"네, 전하. 단 절대 죽이지는 마십시오. 큰 부상을 입혀도 곤란할 겁니다."

레이지가 파악한 쉐스의 서클은 4 정도. 오를레앙 혼자서도 발을 묶어놓기에 충분하다. 카트린느와 마리안느 그리고 마리에타까지 있는 이상 제압하는 건 결국 시간문제다. 그 사이 엘레노어가 있는 마탑으로 가서 설명하면 일은 쉽게 해결된다. 물론 엘레노어의 제자라는 점을 무시할 수 없기에 최대한 덜 다치게 해야겠지만.

쉐스는 둘의 대화를 듣고 코웃음을 쳤다.

"날 죽인다고?"

쉐스는 왼손을 크게 휘둘렀다. 공기를 가르고 날카로운 바람이 칼날처럼 레이지와 오를레앙을 덮쳤다.

레이지는 마나의 장벽을, 오를레앙은 앞으로 내민 오른팔에 오러를 구현해서 쉐스의 마법을 막아냈다. 팅겨나간 쉐스의 마법이 주변 나무들을 베어내더니, 쿵쿵 소리를 내며 땅바닥에 쓰러졌다.

그러자 쉐스는 재빨리 다음 마법을 구현했다. 머리 위로 들어 올린 왼손바닥 위로 화염구가 형성되었고, 쉐스는 그걸 터뜨리듯 움켜쥐었다. 그리고 정면을 향해 크게 휘둘렀다.

마치 뱀처럼 지그재그 방향으로 지면을 타고 재빠르게 이동한 불길은 아까 베어냈던 나무에 달라붙었다. 불길이 확 위로 치솟으면서 길게 자라난 풀들과 근처 나무들까지 불타기 시작했다.

'매직 유저이고, 서클은 4. 이 정도면 나 혼자로도 상대할 만해. 그런데 뭔가 묘한데……'

레이지는 상대의 실력을 분석하면서 뭔가 꺼림칙한 기분에 사로잡혔다. 한 번 마법을 구현한 뒤 다음 마법이 이어지기까지의 딜레이가 미묘하게 짧았다. 게다가 마법이 구현될 시에 시전자에게 집중되는 마나의 양이 뭔가 부족해 보였다. 그럼에도 위력이 결코 떨어지지 않았다.

"!"

레이지는 구현하려던 마나의 장벽을 취소하고 대신 오른쪽으로 몸을 굴렸다. 방금 전 그가 서 있던 자리 위로 불길이 치솟아 오르면서 검게 탄 원 모양의 흔적이 생겨 버렸다.

'미묘하게 마법 구현이 빨라. 아니, 빠른 게 아니라 이 건……'

뭔가 더 알아내기 위해선 더 접근할 필요성을 느꼈다.

"전하, 잠시 기다려 주십시오."

"설마 혼자시만 상대하실 작정입니까? 그렇게 만만찮은 상 대는 아닙니다."

마법을 익히지 못한 오를레앙이었지만, 쉐스의 마법 구현 과정이 뭔가 이질적이라는 것 정도는 깨닫고 있었다.

"아르젠트를 꺼내도 되겠습니까?"

오를레앙의 질문에 레이지는 고개를 저었다.

"죽일 목적이 아닌 이상 그렇게 강한 무기는 되려 방해가 됩니다. 정 위급하다고 판단되시면 그때 끼어들어 주십시 오."

레이지는 마나의 장벽을 정면에 두르고서 쉐스를 향해 달 려갔다. 쉐스는 몸을 낮추더니 지면에 왼손을 가져갔다. 그러 자 땅바닥을 뚫고 거대한 암석이 튀어나오며 레이지의 앞을 가로막았다.

'그럴 줄 알았지!'

레이지는 미리 머릿속에 읊었던 룬 문자를 블링크 마법으 로 구현했다. 순식간에 쉐스의 등 뒤로 이동한 레이지는 마나 를 뒤트는 마법을 완성하고서 그의 오른손을 붙들었다.

"크윽!"

순간 쉐스의 몸에서 강렬한 빛이 발산되었다. 뭔가 알 수 없는 힘에 튕겨 나간 레이지는 자세를 낮추면서 착지에 성공했다. 쉐스와 레이지 간의 벌어진 간격 사이로 발자국이 길게 이어져 두 개의 선으로 남아버렸다.

"레이지! 피하세요!"

마리에타의 외침과 함께 거대한 화염구가 쉐스를 향해 날아갔다. 쉐스는 두 팔을 교차시키더니 마나의 장벽을 이중으로 구현해 화염구를 머리 위로 튕겨냈다.

레이지는 블링크로 마리에타의 옆으로 이동했다. 가까이에서 확인한 이질감을 재차 확인하기 위해서였다.

"마리에타, 알아챘습니까?"

"저만 그렇게 느낀 게 아니었나요?"

"저 남자, 마법의 구현이 뭔가 이질적입니다."

매직 유저들이 구현하는 마법은 시전된 직후엔 본인에게 영향을 끼치지 않는 경우가 다수 존재한다.

예를 들면, 손바닥 위로 화염구를 구현할 경우, 화염구에서 뿜어져 나오는 열기에 본인이 피해를 입지 않는다. 이는 해당 마법의 구현 자체에 시전자 본인을 보호하는 마법까지 포함되기 때문이다. 어찌 보면 마법을 사용할 때마다 필요 이상의 마나가 소모되는 격이다.

하지만 쉐스는 그러한 과정 없이 마법을 구현하고 있었다. 마법을 구현할 때마다 육체를 마법 자체에 저항하는 기운으로 둘러싼 상태였다. 이 방식이라면 룬 문자를 사용할 때보다 훨씬 더 빠르게 마법이 완성되며, 마나 소모도 줄일 수 있는 두 가지 강점을 소유한다.

레이지는 방금 전 쉐스의 마나를 일시적으로 뒤틀리게 할 목적으로 접근했을 때, 펄럭이는 로브 자락 아래에서 드러난 바지 아랫단을 기억해 냈다. 백색을 베이스로 검은색의 선으로 수놓아진 복식은 예전 수없이 봐왔던 것이었다.

"홀리 유저?"

레이지의 말에 쉐스의 표정이 일순간 굳었다.

"저 남자가 홀리 유저라고요? 매직 유저가 아니라?"

"생각해 보니 마나의 흐름 자체가 기묘하게 꼬여 있다는 걸 이제야 알아챘습니다."

마치 오러와 마법 두 가지 능력을 동시에 가지고 있는 레이지 본인처럼.

그렇다면 결론은 단 하나다.

"회색의 로브는 듀얼 클래스 세이지(Sage)의 상징이었지. 그 녀석, 뭐 이딴 제자를 다 키우고 있어?"

8

세이지.

마법과 신성력 모두를 발휘할 수 있는 듀얼클래스로, 익힌 능력의 특징상 베르시아 교단과 마법사 협회라는 상극의 집단 두 곳에 모두 발을 걸쳐 놓고 있는 특이한 능력자를 뜻한다.

꾸준한 수련과 노력 그리고 연구와 분석을 통해 점점 위로 도달하는 매직 유저와 달리 홀리 유저는 신의 선택을 받아 그 능력을 깨닫게 된다. 대부분 매직 유저인 상태에서 홀리 유저로서 눈뜨게 되면 기존의 마법사로의 능력은 사라지게 된다.

하지만 극히 일부는 매직 유저로서의 능력을 고스란히 간직하게 된다. 어찌 보면 말 그대로 '신의 마음' 대로 결정되기에 때로는 워락보다 더 드물게 나타나는 듀얼 클래스이다.

제이워드는 대륙 전쟁 시절 총 세 명의 세이지를 만났다.

스물일곱 살의 나이에 만났던 세이지 포르켄 S. 크레이서는 제1차 보르가이나 공성전 때 함께 싸웠지만 아깝게 전사했다.

그 뒤에 만난 두 명은 모두 적으로 나타났다. 특히 서클 5, 클래스 5의 세이지 포트란 S. 발텐은 당시 제이워드에게 엄청난 벽으로 느껴졌다. 엘레노어의 도움이 없었다면 스승의 복수를 끝내 이루지 못하고 차디찬 땅속에 묻혔을 것이다.

'그래서 절대 공존할 수 없는 두 개의 힘을 동시에 느꼈던 것이었군.'

아크메이지가 되기 전 만났던 가장 큰 강적을 떠올리며 레이지는 등골이 살짝 오싹해졌다.

'무엇보다 시간을 지체하면 할수록 불리해지는 건 내 쪽이야.'

듀얼 클래스 성당기사단원들 모두가 자동적으로 육체가 회복되는 재생이라는 특수기술을 지닌 것처럼, 세이지는 빠른 속도로 소모된 마나가 회복되는 특징을 지닌다. 장기전으로 가면 갈수록 가치가 부각되는 게 바로 세이지의 장점 중 하나다.

"아무래도 저와 전하만으로는 안 되겠습니다."

"그렇게 강력한 자입니까?"

"생각해 보니 엘레노어가 별 볼일 없는 인간을 제자로 삼을 리가 없습니다. 제 오만이었습니다."

지켜보고만 있던 카트린느는 도를 뽑아 들었고, 마리안느와 마리에타는 주문을 읊기 시작했다.

"아! 그렇다고 해도 크게 다치게 하면 곤란합니다."

"요구가 너무 까다롭군요. 이 정도 되는 상대를 이기는 것보다 적당하게 상대하는 게 더 힘듭니다!"

"말들이 많군?"

쉐스는 돌연 마법서를 뒤집었다. 검은색 표지 반대쪽은 백색이었고, 페이지가 펼쳐지자 신성력을 의미하는 순수한 백색의 빛이 마법서를 휘감았다.

"베르시아님이시여, 그대를 부정하는 거짓된 힘을 막아주소서!"

기도문이 끝나자, 청년의 몸에서 뿜어져 나온 백색 빛이 커다란 구를 형성하면서 레이지 일행 전부를 뒤덮었다. 그러자 마리안느의 양손에 휘감겨 있던 불길이 갑자기 꺼져 버렸고 마리에타의 머리 위에 형성되었던 얼음 기둥이 순식간에 녹아버렸다.

'젠장, 침묵(沈默)에 걸려 버렸어! 클래스 4 이상의 신성력도 지니고 있었다니!'

시전자를 중심으로 마법이 무효화되는 지역을 구현하는 신성력으로, 매직 유저가 홀리 유저를 상대할 때 가장 까다롭게 여기는 능력이다.

'이 정도로 넓은 규모의 침묵을 형성했으면서 마나가 소모되기는커녕 오히려 차오르고 있잖아!'

침묵은 유지되는 동안 시전자의 마나를 지속적으로 소모시킨다. 하지만 세이지 고유의 고속 마나 회복이 그 단점을 완전히 지워 버렸다.

"꺄악!"

"마리에타!"

강렬한 바람에 밀려난 마리에타가 나무에 등을 부딪치더니 힘을 잃고 앞으로 풀썩 쓰러졌다. 레이지는 다급히 그녀에게 달려가 상태를 확인했다.

'다행이야. 기절한 것 외엔 큰 부상은 없어.'

그 사이 쉐스는 마르지 않는 마나를 이용해 마법을 연거푸 퍼부었다. 오를레앙은 오러에 휘감긴 검으로 날카로운 바람을 모두 튕겨냈다. 카트린느는 몰래 옆으로 돌아가면서 쉐스의 등을 노리려고 했지만 고개를 가로젓는 오를레앙을 보고서 이동을 멈추었다.

'예전 같으면 홀리 유저라는 걸 알자마자 침묵을 못 걸게 몰아쳤을텐데, 내 실수야.'

제이워드가 아닌 레이지가 된 이후 그가 상대했던 자들은 오러 유저이거나 매직 유저가 대부분이었다. 홀리 유저의 능력을 지닌 자와의 전투는 오래간만이라 미처 대응하지 못했다.

레이지는 마리안느에게 마리에타를 맡기고 쉐스를 향해 고개를 돌렸다. 침묵이 아직도 유지되고 있는 이상 두 매직 유저를 제외하고 나머지 세 명으로 승부를 봐야 한다.

"하아앗!"

레이지는 검을 뽑아 들고서 기합을 질렀다. 다행히 침묵이 유지되는 상황에서도 오러는 자유롭게 운용이 가능했다.

그는 온몸에 오러를 두르고서 쉐스와의 간격을 조금씩 좁혀 들어갔다.

연속적으로 날아오는 마법을 오러로 휘감긴 검만으로 막아내기엔 무리였다. 그걸 해내는 오를레앙이 그만큼 대단한 것이다.

"오러 유저?"

쉐스의 얼굴에 당혹감이 자리 잡았다. 쉐스가 두 가지 힘을 지녔다는 걸 알아챘을 때의 레이지의 표정이 바로 그러했다.

'오러만으로는 상대하기 버거워. 어떻게 해야 할까?'

지금 쉐스에게 가장 적극적으로 달려들 수 있는 이는 오직 레이지뿐이었다. 엘레노어의 제자에게 함부로 공격했다가 돌아올 후한 때문에 오를레앙은 소극적으로 방어에만 치중했다. 카트린느 역시 마찬가지였다.

'그때 썼던 힘을 떠올려 보자. 아마 내 기억에는……'

크라켄을 혼자만의 힘으로 이겼을 때의 기억이 레이지의 뇌리를 스치고 지나갔다. 검에 오러를 부여한 상태에서 빈 손에 마법을 구현한 뒤, 양손으로 검을 움켜쥐자 그 '힘'이 발동했다는 걸 떠올렸다.

"해냈어!"

레이지의 기뻐하는 목소리와 함께 왼손이 화염에 휩싸여

활활 불타올랐다. 그는 주저하지 않고 검을 양손으로 움켜쥐었다. 그러자 검을 휘감고 있는 오러가 붉게 변하더니, 직선 형태로 바뀌면서 시계 방향으로 빠르게 회전하기 시작했다.

레이지는 휘몰아치는 붉은 오러에 휩싸인 검을 머리 위로 치켜들고서 쉐스에게 달려들었다.

쉐스는 뒤로 급히 물러서더니 빠른 손동작으로 메고 있던 수통의 마개를 열었고, 달려드는 레이지를 향해 물을 뿌렸다. 그리고 급하게 룬 문자를 읊었다.

"디 카스(얼어붙어라)!"

레이지의 정면에 커다란 얼음 장벽이 형성되었다. 그것만으로 모자라다고 판단한 쉐스는 마나의 장벽을 구현해 덧붙였다.

"크헉!"

하지만 정면으로 찌른 레이지의 검이 닿자마자 얼음 장벽은 순식간에 녹아 사라졌고, 그 뒤에 있던 마나의 장벽이 유리창처럼 산산조각 나 허공에서 사라졌다.

쉐스는 살갗이 타오르는 고통을 참으며 뒤로 뛰어올랐다. 레이지는 팔을 비틀더니 검끝을 아래로 살짝 내리고서 가로 방향으로 크게 휘둘렀다.

그러자 레이지가 바라보는 방향을 따라 부채꼴 모양의 불길이 오러와 함께 땅을 타고 뻗어나갔다. 허공에 떠 있던 쉐스는 오러에 등을 베이고 불길에 휩싸이더니 땅바닥에 나뒹굴었다.

"헉, 헉······."

레이지의 뺨을 타고 땀이 주르륵 흘러내렸다.

크라켄에게 썼을 때보다 한 번 더 검을 휘두른 것뿐인데도 마나 소모량이 엄청났다.

'처음 찔렀을 때 급하게 방향을 바꾸지 않았다면 죽였을지도 몰라. 위력이 강한 만큼 미세하게 컨트롤하기 너무나 까다로워.'

레이지는 현기증을 느끼면서 쥐고 있던 검을 떨어뜨렸다. 비틀거리는 몸을 카트린느가 재빨리 달려와 부축해 주었다.

"워락(Warlock)이었다니······."

"!"

"젠장, 마법과 오러의 융합(Fusion)이 이 정도일 줄이야······."

불에 시커멓게 타버렸던 쉐스의 몸에서 빛이 솟아올랐다.

신성력으로 형성된 빛 덩어리가 쉐스의 몸 이곳저곳에 달라붙으면서 화상으로 일그러진 피부를 빠른 속도로 원상복구시켰다. 그는 엎드린 상태에서도 포기하지 않고 오른팔을 레이지가 있는 쪽으로 내밀었다.

"으윽!"

그러나 잽싸게 달려든 오를레앙이 오른발로 쉐스의 손을 강하게 걷어찼다. 그리고 검으로 그의 목을 겨누었다.

"아무래도 그대는 그냥 놔두면 안 될 거 같아서 말이야."

오를레앙은 특유의 느끼한 미소를 머금고서 레이지 쪽을 돌아보았다. 임지손가락을 치켜드는 그를 보자 레이지는 안도의 한숨을 내쉬었다.

"쿠엑!"

"전하!"

그러나 그것도 잠시.

쉐스의 뒤에 나타난 누군가에 의해 오를레앙의 몸이 휙 날아갔다.

"스승님?"

쉐스는 당황한 표정으로 엘레노어의 얼굴을 쳐다보았다.

그녀는 오를레앙이 날아간 방향으로 내밀었던 오른팔을 거두고서, 일행들의 얼굴을 하나씩 살펴봤다.

"면목… 없습니다."

그녀의 귀에 제자의 말은 들어오지도 않았다. 혹시나 하는 생각에 다시 한 번 주변을 둘러보았지만 엘레노어가 찾는 얼굴은 없었다.

"그가… 아니잖아."

그녀의 얼굴에 실망한 기색이 역력했다. 잠시나마 헛된 희망을 품었던 자기 자신을 원망했다.

레이지는 카트린느의 부축을 밀쳐내고 엘레노어 쪽으로 걸음을 옮겼다.

"오래간만이야, 엘리."

"!"

5년 만에 들어보는 이름에 엘레노어는 크게 두 눈을 떴다.

'엘리'라는 이름은 오직 그와 단둘이 있을 때 불리던 엘레노어의 애칭이었다.

"넌 누구지?"

"너마저 내가 진짜 죽었다고 생각한 건 아니겠지?"

"난 네가 누구냐고 물어봤다. 내 질문에 대답해라."

"너도 아크메이지이니 잘 알 거 아냐? 서클 0의 마법이 존재한다는 걸."

"너, 넌 누구지?"

극소수의 마법사들만이 아는 서클 0의 존재를 서슴없이 말하는 소년을 엘레노어는 놀란 눈으로 바라보았다.

외모, 나이, 서클마저도 그와 하나도 일치하지 않았다. 혹시 외형을 변형하는 마법을 썼는지도 의심해 봤지만 그럴 경우 느껴져야 할 마나의 흐름조차 없었다.

"아냐, 그 녀석이 살아 있을 리 없어. 마나의 흐름 자체가 그와 완전히 틀려."

"그야 그렇겠지. 예전에 익히지 못했던 새로운 힘을 얻었거든."

레이지는 오른팔을 들어 올리더니 마나를 순환시켜 빛으로 감쌌다.

"오러?"

"예전엔 마법만 쓸 수 있었지만 이 육체는 다르더군."

지친 기색이 역력함에도 레이지의 얼굴에는 여유가 넘쳐 흘렀다.

"역시 이것만으로는 못 믿겠지?"

레이지는 입으로 룬 문자를 읊으면서 양손을 천천히 들어 올렸다. 다행히도 세 번 정도 마법을 구사할 마나 정도는 남아 있었다.

왼쪽 무릎을 세운 쉐스가 침묵을 시전하려고 했지만, 엘레노어가 오른팔을 내밀며 제지했다.

"스승님?"

"잠시 저 소년을 가만히 놔둬봐라."

레이지의 머리와 손, 입이 각기 다른 룬 문자를 읊으면서 세 개의 마법이 동시에 시전 중이었다.

그를 중심으로 커다란 마법진이 떠오르더니 서서히 아래로 가라앉았다. 그리고 또 하나가, 그 다음 마지막 하나의 마법진이 연달아 형성되었다.

"트, 트리플 캐스팅……."

엘레노어는 두 손을 모아 입을 가렸다.

"그리고 이거."

레이지는 오른손을 들어 올리더니, 손가락을 튕겨서 '딱' 하는 소리를 냈다. 마법 시전이 완료되었음을 알릴 때 그가 즐겨 쓰던 제스처마저 똑같았다.

"자, 어때?"

"설마… 진짜로… 너 맞아?"

엘레노어의 눈동자에 물기가 어렸다. 꿈에서나 보던 그가 이런 모습으로 나타날 거라고는 상상조차 못했다.

"우, 몸이 뻑적지근하군."

나무에 부딪쳐 잠시 정신이 멍해졌던 오를레앙은 비틀거리면서 일어섰다. 그리고 고개를 좌우로 돌렸다.

처음 보는 아름다운 여성이 레이지를 마주보고 있었다. 마리에타는 여전히 기절한 상태였고, 마리안느는 두 무릎을 꿇은 채 두 손을 바닥에 대고 레이지를 멍하니 바라보고 있었다.

"마리안느? 괜찮아?"

"트, 트리플 캐스팅을 구사할 줄 아는 이는 제가 기억하는 한, 단 한 명밖에 없습니다."

레이지의 앞에 서 있는 여성이 동쪽의 아크메이지 엘레노어 본인인지는 확실하지 않았다. 하지만 레이지가 보여준 트리플 캐스팅은 이미 죽은 '그'와 깊은 연관이 있다는 걸 증명하고 있었다.

"제국과의 전투에 항상 최전선을 고집하던, 매직 유저로서 최고의 경지에 다다른 대마법사 제이워느 M. 반넬……."

"뭐? 그분은 죽었잖아! 그렇다면 설마 레이지님이……."

"제이워드 '님'의 숨겨진 제자 아닐까요? 저건 제이워드 '님' 말고 가르칠 수 있는 마법사 자체가 없어요!"

"레이지님이? 그분의 제자?"

그들의 대화는 죽었다고 알려진 제이워드 본인일 거라는 가능성을 배제하고 있었다. 물론 대마법사인 만큼 자신의 얼굴과 체형을 바꾸는 방식도 고려해 볼 만했지만, 그렇게 치면 레이지가 지니고 있는 오러 유저로서의 능력이 문제시 된다.

제이워드가 아무리 대마법사라 하여도 오러에 특화된 체질이 아니면 오러를 익힐 수 없다. 게다가 제국에 대한 복수 하나만을 가슴에 품고 살았던 그가 진작 오러를 익혔다면 대륙 전쟁 당시 굳이 그걸 감추었을 리 없다. 오히려 마법을 수련했을 때처럼 기를 쓰고 오러라는 부문에서도 극에 도달하려 했을 것이다.

무엇보다 죽은 자를 되살리는 방법은 그들이 알고 있는 한 없었다. 클래스가 높은 일부 성직자에 한해 죽은 자를 부활시키는 능력을 가졌다고 하지만, 이것 역시 베르시아를 믿는 신자들 사이에서나 떠도는 소문에 불과했다.

"그 노인네나 이 사람들이나 똑같이 생각하는군. 하지만 너까지 그렇게 여기진 않겠지?"

레이지의 미소를 엘레노어는 정면으로 바라볼 수 없었다. 입을 가리던 손은 어느새 그의 눈을 가리고 있었고, 손가락 틈 사이로 눈물이 아래로 뚝뚝 흘러내렸다.

"무엇보다 네가 기억하는 그 녀석이, 이곳으로 통하는 마법진의 암호를 남에게 발설할 거라고 생각해?"

"정말로… 네가……."

"빌어먹을 제이워드, 말이야. 아직도 그 암호를 쓰고 있더군."

Chapter 32
동쪽의 아크메이지

1

베르시아 신성력 1385년 1월 8일.

살이 에이는 차가운 바람이 수백여 개의 막사 사이로 휘몰 아치고 있었다. 아직 낮임에도 겨울이라는 계절은 막사 밖에 서 있는 경비병들에게 추위만을 안겨주었다.

제이워드는 전용 막사 안에서 마법서를 탐독하는 데 열중 했다. 다른 계절에 비해 차가운 겨울은 아군이나 적이나 모두 전투를 벌이길 꺼려한다.

반대로 말하면 제이워드에 있어서 새로운 마법을 익히고

연구할 기회이기도 하다. 매직 유저의 극인 아크메이지에 도달하기 위해선 허투루 보낼 시간 따윈 없었다.

「휴, 춥군.」

입김을 불어대며 막사 안으로 들어온 프레드릭의 얼굴은 찬바람 때문에 빨갛게 달아올랐다. 방한 마법이 걸린 가죽과 천으로 제작된 막사 안에 들어오자 어깨에 쌓인 눈이 스스륵 녹아내렸다.

「프레드릭, 무슨 일이지?」

제이워드는 시선을 탁자 위에 펼친 마법서에 고정시킨 채 입을 열었다.

「쥴리앙 폐하께서 도착하셨다.」

「쥴리앙이? 예상보다 일찍 왔군.」

사흘간 계속된 폭설로 인해 2미터 가량 쌓인 눈은 막사 둘레에 자연방벽을 형성해 버렸다. 제이워드의 마법으로 반경 1km 이내의 도로는 뚫었지만, 멀리서 올 쥴리앙의 일정이 늦춰지는 건 기정사실이었다.

「지금 경비서고 있는 병사들과 악수하고 있더라.」

「지원금을 꽈꽉 준 티내긴⋯⋯. 교대 1분이라도 일찍 해주는 게 그 녀석들 소원일 텐데.」

그렇게 쥴리앙에 대해 투덜거리긴 했어도 왕이 된 이후에도 예전처럼 대해주는 그가 싫지 않았다. 발렌시아 왕국의 왕으로서 제국의 공격을 막아냄과 동시에 제이워드의 돌격부대에 여러 지원을 아끼지 않았다.

「오! 프레드릭도 여기 있었군!」

어깨와 머리가 완전히 눈 투성이가 된 줄리앙이 막사 안으로 들어오면서 양팔을 펼쳤다.

프레드릭은 가볍게 웃으면서 한 발짝 뒤로 물러섰다. 마음 같아서는 포옹에 응해주고 싶었지만, 한 나라의 왕 앞에서 허물없는 모습을 보여줄 순 없었다. 프레드릭은 허리를 굽히며 예를 표했지만 제이워드는 일어서지도 않고 자리를 지켰다.

「제이워드~ 여전히 책만 파는 인생인가?」

「너, 항상 여자를 옆에 끼고 다니는 습관만은 변함없구나.」

제이워드는 오른손에 쥐고 있던 깃털펜으로 줄리앙을 뒤따라 들어온 사람을 가리키며 혀를 찼다. 그리고 잉크를 찍어 종이 위에 방금 해석한 마법 주문을 적기 시작했다.

후드로 얼굴을 가리고 있었지만, 걸치고 있는 로브 너머로 드러난 몸매는 여자라는 사실을 알기에 충분했다.

「보통 여자가 아니라고! 아름답기는 내가 이제까지 만난 여자들 중 세 손가락 안에 들어가기에 충분하고, 마법 실력으로는 너 다음가는 인재야!」

「대화 패턴이나 좀 바꿔.」

「에잉, 말로 해서는 안 되겠어. 직접 보면 알 거다.」

그녀는 제이워드의 탁자 앞으로 걸어갔다. 그리고 후드를 벗자 검은색의 긴 머리카락이 출렁거리며 허리 아래까지 내려왔다.

「오래간만이로군, 제이워드.」

날이 잔뜩 선 목소리에 제이워드는 고개를 들어 올렸다.

「설마 날 잊어버리지 않았겠지?」

그녀는 허리를 살짝 굽히더니 오른팔을 탁자 위에 턱하니 얹었다. 머리색과 똑같은 검은색의 눈동자로부터 제이워드는 이유를 알 수 없는 경쟁심을 강하게 느꼈다.

「나 따위는 안중에도 없었다는 이야기인가?」

그저 자신을 바라보기만 하는 제이워드의 반응에 그녀는 입술을 살짝 찡그렸다.

「확실히 이름은 기억나지 않는군. 하지만 얼굴만큼은 잊을 수 없었어.」

「얼굴로만? 여자를? 제이워드가?」

쥴리앙이 알고 있는 제이워드는 여자를 이름으로 기억하지 얼굴이나 인상 따위로 담아두지 않는 타입이었다.

「그래, 이제야 기억이 났어. 3년 전 나와 맞서 싸웠던 마법사로군, 엘레노어 M. 메이오르.」

엘레노어라는 이름을 듣자마자 프레드릭의 오른손이 검자루를 움켜쥐었다. 쥴리앙은 두 팔을 벌리더니 잽싸게 프레드 .

릭과 엘레노어 사이에 끼어들었다.

「프레드릭, 적의를 드러내진 말라고. 지금은 제국과의 연을 완전히 끊었으니까.」

「대단한 인재를 구했다는 말씀이 이 여자를 가리키는 말이었습니까?」

「아암, 대단하고말고. 제이워드와 똑같은 서클 6의 마법사가 대단해야지. 안 그래?」

프레드릭은 뒤로 한 발짝 물러선 뒤 허리를 숙이며 정중하게 사과했다.

「무례를 용서해 주시길 바랍니다.」

「어이어이, 너무 딱딱하게 굴지 말아줘. 우리들 말고 다른 사람들도 없는데 딱딱한 격식은 삼가자고. 이런 분위기이면 일부러 호위들보고 막사 안으로 들어오지 말라고 한 이유가 사라지잖아?」

제이워드는 혀를 차면서 잉크병에 깃털펜을 꽂았다.

「1분만 지나면 네 호위들 충성심이 절반 이하로 떨어질 거다. 괜히 밖에 서서 기다리게 하지 말고 옆 막사 안에 집어넣든가 해.」

프레드릭과 달리 쥴리앙을 격의없이 대하는 제이워드가 호위병들의 눈에 곱게 비칠 리 만무하다.

그가 다시 시선을 정면으로 돌리자 엘레노어와 눈이 정면으로 마주쳤다. 그녀는 얼굴을 불쑥 내민 채로 제이워드를 노려보았다. 서로의 코가 거의 닿을 정도의 간격인지라 엘레노어의 긴 속눈썹이 움직이는 것까지 보일 정도였다.

「역시 닮았어.」

제이워드는 의자에 등을 기대더니 왼손으로 턱을 괴고서 엘레노어를 바라보았다.

여자를 유심히 쳐다보는 제이워드는 쥴리앙은 물론 프레드릭도 처음이었다. 덕분에 막사 안에는 고요함이 감돌았다.

「쥴리앙, 이 여자 나이가 몇 살이지?」

「헉! 지금 엘레노어 나이 물어본 거냐? 너 드디어 여자에게 관심을 가지게 되었구나!」

엘레노어는 살짝 눈을 찡그리더니 뒤로 슬며시 물러섰다.

「제 입으로 대답하기 싫습니다.」

그러나 그녀의 대답과는 별도로 쥴리앙의 머리가 빠르게 돌아가는 중이었다. 여자에 관해서는 제이워드를 능가하는 기억력을 갖춘 쥴리앙이 모를 리 없었다.

「아마 흐음, 스물여섯 살이던가……. 아니다, 생일이 1월 5일이라고 했으니 이제 스물일곱 살이지? 30대의 성숙함과 20대의 젊음이 동시에 공존하는 아주 좋은 나이대이지.」

스물일곱 살.

스승 샤를로트가 제이워드를 홀로 나두고 전쟁터로 떠나

던 때의 나이였다.

「3년 전 그때보다 더 많이 닮았군.」

프레드릭은 아주 잠시 동안이지만 제이워드의 눈매가 부드러워진 것을 알아챘다.

「흥, 구태의연하게 전 여자라든지 부인과 닮았다는 말을 꺼낼 작정은 아니겠지?」

「난 여자 따윈 관심없어. 부인이나 애인 같은 건 있지도 않았다.」

「그러면 누구를? 유치하게 엄마나 여동생 닮았다는 말 따위를 꺼내진 않겠지?」

「스승님.」

「남자는 아니겠지?」

「여자다.」

프레드릭은 제이워드의 이야기를 듣고서 고개를 살짝 끄덕거렸다. 왜 엘레노어를 그런 눈빛으로 봤는지 확실히 이해할 수 있었다.

「프레드릭, 분명히 제이워드의 스승이란 분은…….」

「샤를로트님 말씀이십니까? 그렇다면…….」

성격 자체는 그리 닮지 않았다.

말투 역시 엘레노어처럼 노골적으로 공격적이진 않았다.

하지만 허리 아래까지 길게 내려온 검은 머리카락은, 헤어지기 전 본 스승의 뒷모습을 절로 떠오르게 했다. 날카로운 눈매와 오똑한 콧날, 그리고 약간 고집스러워 보이는 이미지는 스승과 거의 흡사했다. 그런 엘레노어를 보고 있자니 20여 년 전으로 홀로 되돌아간 착각마저 들었다.

「소중했던 사람이었다.」

「하아, 그래?」

「만일 스승님이 지금이라도 다시 살아날 수만 있다면, 난 모든 걸 내놓을 수 있어. 내 목숨까지도.」

감정이라곤 일체 보이지 않았던 제이워드의 검은색 눈동자에 물기가 살짝 어렸다.

순간 엘레노어의 두 뺨이 확 달아올랐다.

꿀 먹은 벙어리마냥 할 말을 잃어버린 그녀는 후드를 뒤집어쓰더니 고개를 숙이고서 막사 밖으로 횡하니 나가 버렸다.

엘레노어가 사라진 방향을 바라보던 쥴리앙은 어이없다는 얼굴로 제이워드에게 고개를 돌렸다.

「제이워드 너… 진짜 아무렇지도 않은 얼굴로 잘도 그런 말을 내뱉는구나.」

「사실을 말한 것뿐이야.」

「그런 건 사실이라고 말하는 게 아니야, 에휴…….」

2

마탑 최상층에 위치한 엘레노어의 방.

그 방에서 레이지와 엘레노어는 아무 말 없이 서로를 마주 보고 있었다.

공간 이동 마법진을 이용해 1층에서 최상층까지 단숨에 이동한 일행은 엘레노어를 따라 그녀의 방 앞까지 왔다. 그리고 단둘이서 이야기할 수 있도록 눈치껏 자리를 비켜주었다. 아직도 기절해 있는 마리에타는 카트린느의 두 팔에 안겨서 아래층으로 내려갔다.

"휴우……."

엘레노어는 뒤돌아서더니 문 쪽으로 걸어갔다.

문을 걸어 잠근 후 목소리가 새어 나가지 못하게 방 전체를 둘러싸는 마법을 걸었다. 그리고 도로 원래 자리로 돌아왔다.

찰싹!

옆으로 돌아간 레이지의 왼쪽 뺨이 빨갛게 달아올랐다. 엘레노어의 오른손은 부들부들 떨고 있었고 두 눈에선 눈물이 줄줄 흘러내리고 있었다.

"왜 이제야… 이제야 나타난 거야! 1년이 넘도록 내가 어떤 심정이었는 줄 알아?"

"울지 마."

"안 울게 생겼어? 죽었다고 생각한 녀석이 돌아왔는데 내가 안 울게 생겼냐고!"

엘레노어는 오열하면서 레이지를 껴안았다. 다시는 놓치지 않겠다는 듯 레이지의 등을 두 팔로 감쌌다.

'그러고 보니 제이워드였을 때의 난 엘리를 한 번도 감싸준 적이 없었지.'

레이지는 왼팔로 엘레노어의 어깨를 감싸더니 오른손으로 등을 토닥였다.

"!"

순간 울음소리가 뚝 그치더니 엘레노어의 가는 두 팔이 레이지를 밀쳐냈다.

"너, 진짜 제이워드가 맞아?"

"아직도 의심하는 거야?"

육체 자체가 완전히 바뀌어버린 레이지는 제이워드와 너무나 달랐다. 레이지는 엘레노어를 바라보며 샤를로트를 떠올릴 수 있었지만 엘레노어는 아니었다.

"좀 바뀌었거든. 왜 바뀌었는지에 대해 너에게 물어볼 것도 있고."

엘레노어는 오른팔을 옆으로 뻗더니 집게손가락을 까닥거렸다. 탁자 위에 놓여 있던 손수건이 휙 날아오더니 그녀의 오른손에 붙들렸다.

얼굴에 묻은 눈물을 닦아낸 뒤 마나를 한 번 주변으로 배출

했다가 도로 거두어 들였다. 30대 중반의 외모는 20대 중후반 때로 돌아갔다. 사실 미묘한 차이밖에 나지 않았지만.

"실제 나이가 훨씬 더 보기 좋았는데."

"거짓말하지 마. 이 모습은 네가 그토록 그리워하는, 그 스승이라는 여자의 나이 때야."

엘레노어는 제이워드의 곁을 떠난 뒤부터 마법을 이용해 항상 나이를 스물일곱 살 때로 유지했다. 옛 추억에 집착하는 쪽은 오히려 엘레노어였다.

"그래도 얼굴까지 흉내 내지는 않았군."

"그때 한 번 당신이 진정으로 화내는 걸 본 뒤론 안 하기로 했잖아."

"그래, 그랬었지."

같이 제국과 싸우던 시절, 한 번은 엘레노어로부터 스승 샤를로트에 대해 집요한 질문 공세를 받아야 했다. 주로 얼굴 형태가 어떠했는지에 대해 속눈썹 숫자까지 물어볼 정도였다. 제이워드는 기억나는 대로 샤를로트의 얼굴이 어떠했는지 설명해 주었다.

그로부터 3일 뒤, 엘레노어는 그녀답지 않게 수줍어하면서 제이워드의 막사 안으로 얼굴을 살짝 내밀었다.

당시 그녀의 실력으로는 고작 5분 정도 유지되는 마법에 불과했다. 하지만 제이워드는 그답지 않게 목청을 드높이며 엘레노어를 꾸짖었다. 묵묵히 제이워드의 화를 받아내던 그녀는 결국 울분을 참지 못하고 울음을 터뜨리기에 이르렀다.

"그러면 우선 앉아서 이야기해 볼까?"

3

"서클 0의 마법이라고 아까 말했지?"

"응, 그 마법 덕분에 죽었다가 다시 살아났지. 이 레이지라는 소년의 몸으로 말이야."

5년 만에 만난 두 남녀는 탁자를 사이에 두고 마주 앉았다. 레이지는 엘레노어가 손수 타준 차를 마시면서 방 안을 둘러보았다.

'예전 내가 설명해 주었던 방 구조와 똑같아. 대충 기억나는 대로 말했던 것뿐인데.'

이제는 희미해지는 기억으로만 남아 있지만, 스승과 함께 머물렀던 단란했던 추억이 떠오르는 방이었다. 레이지를 제외하면 샤를로트에 대해 가장 잘 아는 이는 단연 엘레노어일 것이다.

"매번 넌 날 앞질러 가는구나. 기껏 아크메이지가 되어 너와 동등해졌다고 생각했는데……."

엘레노어는 오른손으로 턱을 받히고서 은은한 눈빛으로

레이지를 바라봤다.

"하지만 성공할지 안 할지는 나도 잘 몰랐어. 마법을 구현하는 마법식만 완벽하게 해석했거든. 나머지 부분은 해석을 하던 도중이어서 뒷감당이 어떠할지는 미처 알지 못했지."

"해석노 다 안한 마법을 썼단 말이야?"

"실제로 그걸 쓰게 될 줄은 몰랐거든. 방심과 믿음이 서로 결합되면 얼마나 무서운 결과를 낳게 되는지도 알게 되었지."

엘레노어는 손끝으로 이마를 누르면서 고개를 설레설레 저었다. 차가운 이미지와 반대로 이렇게 어리숙한 부분도 존재하는 제이워드를 다시 만나서 기쁘기도 하면서 동시에 골이 아팠다.

"잠시 기다려 봐."

그녀는 오른손을 뻗어 벽에 있는 책장을 가리켰다. 손가락을 까닥거리자 꽂혀 있던 책 한 권이 빠져나오더니 허공에 뜬 채로 휙 날아왔다. 심하게 낡은 탓에 표지가 너덜너덜했다.

"영혼 전이 마법, 맞지?"

"너라면 발굴할 줄 알았지."

"나도 명색이 아크메이지이니까."

엘레노어는 책을 허공에 띄워놓고 손을 휙 내저었다. 페이지가 휘리릭 넘어가더니 도중에 멈췄다.

"나도 해석은 다 하지 못했어. 그리고 쓸 생각은 한 번도 하지 않았어."

"왜?"

"그야… 혹시라도 남자의 몸으로 들어간다면 널 더 이상 사랑할 수 없잖아? 그걸 몰라서 물어?"

"참 쉽게 사랑이라는 말을 꺼내는군. 넌 진짜 하나도 안 변했어."

같이 서로의 등을 맡기고 싸울 때엔 제이워드보다 열정적으로 나섰다. 그리고 감정 표현 역시 직선적이며 솔직했다. 자신이 지니지 못한 부분을 가진 엘레노어가 종종 부러울 때도 있었다.

"부작용에 관한 부분부터 해석했겠지?"

"당연하지. 난 너와 다르거든."

대신 사용하는 마법의 구조 자체를 철저하게 파헤치고 분석했다. 예전에 그녀로부터 배운 장점 중 하나이기도 했다.

"영혼을 정착시킬 새 육체를 지정할 수 없다, 새로 옮겨갈 육체의 나이에 따라 영혼이 가지고 있던 사고방식이 변화할 가능성이 높다, 이 마법으로 새 육체를 얻은 영혼은 이 마법을 포함해 다른 서클 0의 마법을 구현하는 게 불가능해진다, 그리고……."

"그 정도면 충분해."

엘레노어는 손을 휘저어 책을 덮은 뒤 원래 자리로 도로 돌려보냈다.

"죽기 전 네 나이가 마흔네 살이었던가, 마흔다섯 살이었던가 그랬지?"

"대충 그렇다고 쳐."

"지금 네 몸의 원래 나이는?"

"열여덟 살. 정착했을 때엔 1년 전이니 열일곱 살."

"순식간에 서른 살 가까이 젊어진 거로구나. 그러니 당연히 성격이 바뀌지."

"하지만 그런 것치고 죽기 직전 당시의 사고방식이 남아 있기도 해. 그래서 나름 곤란하더군."

레이지는 의자 등받이에 어깨를 걸치고서 목을 뒤로 젖혔다.

"표정을 보니 그동안 많이 곤란했던 것 같은데?"

"말도 마……."

레이지는 그동안 자신이 벌였던 크고 작은 실수들을 머릿속에 나열했다.

마리에타가 보고 있는 앞에서 룬 문자를 읊지 않나, 펠튼의 같잖은 도발에 룬 문자로 욕설을 내뱉지 않나, 펠튼의 제자들이 시비를 걸자 함부로 마법을 쓰는 등등…….

열거할수록 영혼 전이 마법의 후유증이 원망스럽기만 했

다. 물론 그것 때문에 정체가 드러나는 일은 없었지만, 만약에 하나라도 서클 0의 존재가 많은 이들에게 알려졌다면 다시 죽었을지도 모른다.

'하지만 그런 실수가 없었다면 마리에타와 함께 여기까지 올 일 자체가 없었겠지. 오를레앙과도 만날 일도 없었을 테고.'

레이지는 좋아해야 하는지 슬퍼해야 하는지 갈피가 잡히지 않았다. 냉철했던 예전의 성격을 그대로 이어받았다면 그저 혼자서 여기까지 왔을 가능성이 컸기에 혼란스러웠다.

"하긴 예전의 제이워드였다면 쉐스와 쓸데없는 실랑이도 벌이지 않고 손쉽게 날 찾아왔을 거야."

"그랬겠지. 죽기 전의 사고방식으로 되돌릴 수는 없겠지?"

"불가능해."

엘레노어가 단언하자 레이지는 가볍게 웃으며 남은 차를 마저 들이켰다. 불가능한 일에 더 이상 미련을 가져봤자 소용없기에.

"나도 널 뭐라 할 입장은 아니야. 나는 널 살리기 위해 시간 회귀 마법을 파고들었어."

"뭐?"

레이지가 제이워드 시절 존재 자체를 파악한 서클 0의 마법은 총 세 가지이다.

영혼 전이 마법, 시간 회귀 마법, 그리고 이계 소환 마법.

하지만 그가 직접 발견하고 해석 끝에 사용한 마법은 결국 영혼 전이 마법 하나뿐이었다. 다른 마법은 결국 발견하지 못했다.

"네가 죽었다면 죽기 전으로 되돌아가 이떻게든 널 다시 살려보려고 했어. 내 성격 잘 알잖아?"

"그래, 너라면 그러고도 남았겠지. 설마 지금 이 시대가 다시 되돌려진 건 아니야?"

다른 사람이 말했다면 코웃음쳤겠지만 엘레노어는 그가 아는 한 유일하게 자신과 동급의 위치에 올라선 마법사다. 과연 엘레노어가 궁극의 마법에 어떤 식으로 접근했는지 궁금해졌다.

"하지만 어떤 이유에서인지 시도가 실패했어. 거의 다 해석해서 충분히 가능할 거라 생각했는데……."

"그래? 해석이 덜 되어서 그런 거 아닌가? 그것보다 진짜 가능한 거야?"

"가능하든 안 하든 그런 문제가 아니야. 난 정말 널 다시 살리고 싶었어. 그 어떤 방법을 쓰더라도 너와 만나고 싶었어."

레이지는 문득 엘레노어와 두 번째 만났을 때를 떠올렸다.

그때 제이워드는 자신의 목숨을 내놓더라도 샤를로트를

살릴 수 있다면 상관없다고 망설임없이 대답했다. 과거의 자신이 엘레노어를 통해 투영되었다.

레이지는 두 팔을 내밀어 엘레노어의 양 어깨를 움켜쥐었다.

"절대 서클 0에는 손을 대지 마. 서클 0을 써야 하는 상황 자체가 그 누구에게든 최악임은 부정할 수 없어. 아니, 서클 0을 익힌 시점에서 난 최악의 운명을 맞이해야 했던 거야."

"…알았어."

엘레노어는 어깨 위에 올려진 레이지의 손을 매만졌다.

차가운 시체가 아닌, 따뜻한 체온이 느껴지는 살아 있는 인간이다. 그녀는 결국 감정을 주체하지 못하고 눈물을 터뜨렸다.

레이지는 조용히 그녀의 어깨를 툭툭 도닥거렸다.

혹시라도 다시 살아날 수 있다는 방심이 초라한 비극을 다른 이가 겪는 모습은 보고 싶지 않았다.

"아."

레이지는 뒤늦게 뭔가 깨닫고는 손가락을 튕겨 소리를 냈다.

"네 제자라는 놈 말이야. 어디서 많이 봤다 싶었더니만… 예전의 날 닮았더라?"

"이제야 눈치챘어?"

처음 봤을 때 느꼈던 이유 불명의 불쾌감이 뭔지 알게 되었다.

바로 동족혐오라는 이름의 감정이었다.

젊었을 적 자신과 비슷한 외모에, 날카로운 성격과 더불어 검은색의 머리카락은 제이워드 그 자체였다. 심지어 스승을 끔찍이 생각하는 마음까지도 똑같았다.

"너처럼 고아이기도 해."

"설마 소매치기는 아니었지?"

"그건 아냐. 발견했을 땐 이미 의젓하게 자기 몫 할 줄 아는 남자였다고. 너와 다르게."

젊은 나이에도 마법과 신성력 두 분야에서 탁월한 잠재력을 보유한 쉐스는 많은 이들의 부러움을 받는 대상이었다. 하지만 교단과 마법사 협회 그 어느 곳에서도 마음 편히 발을 디디지 못했다. 그런 그에게 엘레노어와의 만남은 그야말로 희망 그 자체였다. 옛날 샤를로트를 만났던 제이워드의 경우와 비슷했다.

"그런데 넌 제자 따윈 거느릴 생각이 없다고 하지 않았어?"

"엉뚱한 생각은 하지 마. 난 너 말고 다른 남자와는 연을 맺고 싶지 않아. 그건 지금도 변함이 없어."

엘레노어는 레이지의 오른손을 꽉 붙들었다. 만일 놓는다면 다시 예전처럼 만날 수 없는 곳으로 사라질 것 같은 불안이 엄습했다. 엘레노어의 마나가 감정에 반응해 불안한 움직임을 보이자, 레이지는 가만히 그녀의 손등 위를 쓰다듬었다.

"그런데 말이지, 여자란 뭔가 남기고 싶어하는 종족인가봐. 내가 익힌 것들을 누군가에게 어떤 식으로든 전해주고 싶었어. 그래서 저 녀석을 제자로 받아들였지."

"난 제자라면 진짜 질색이야."

"칸나 말이지? 아주 여러 곳에서 설치고 다니던데."

"생긴 건 맘에 안 들지만 나도 너처럼 좀 제대로 된 제자를 만났으면 싶어. 아직 20대인 거 같은데 벌써 클래스 4에 서클 4라니, 엄청나게 대단한데?"

"너야말로 아직 스무 살도 안 된 주제에 서클 5의 애송이를 데리고 왔잖아?"

엘레노어 입장에선 서클 5의 매직 유저를 애송이라 부를 수 있는 자격이 충분했다.

"지금 복도에 서서 문에 귀를 대고 악착같이 뭔가 들으려고 하는 애송이 말이야."

"……"

"허리에 있는 그거, 그 애송이가 준 거지?"

엘레노어는 레이지의 옆구리 왼쪽에 차고 있던 베이그란트의 서를 가리켰다.

"어떻게 알았어?"

"애초에 그걸 가지고 있는 가문은 극소수야. 길레터 왕국에선 포르테 가문밖에 없지. 이런 물건을 너에게 선뜻 내놓다니, 널 상당히 좋아하는 거 같은데?"

엘레노이 본인을 포함해서, 세이워드에게 마음을 빼앗긴 여성은 의외로 많았다. 단지 그의 옆에 있던 프레드릭에게 반한 여성들이 훨씬 많은 탓에 상대적으로 시선을 덜 받았던 것뿐이다.

"잠시 실례할게."

엘레노어가 왼손을 까닥거리자 허리띠에 묶여 있던 사슬이 '툭' 소리를 내며 풀렸다. 가만히 앉아 있는 그녀의 손으로 베이그란트의 서가 휙 날아왔다. 엘레노어의 엄청난 양의 마나에 반응한 베이그란트의 서가 저절로 펼쳐지더니 강렬한 빛을 뿜어내면서 페이지가 화르륵 넘어갔다.

"썩어도 준치라더니, 용케 해체식을 사용했네?"

"비록 이런 몸에 들어와서 고생이지만 머리에 든 것까진 사라지지 않았잖아."

레이지는 오른손으로 관자놀이를 툭툭 건드렸다. 그러나 엘레노어는 가소롭지도 않다는 웃음만 터뜨렸다.

"그러면 뭘 해? 막상 좋은 걸 받았으면서도 제대로 사용하지도 않았잖아. 여기에 서클 6 마법 몇 개 기입했으니까 필요

할 경우 쓰도록 해. 나중에 시간날 때 추가로 더 넣어줄게."

"고마워."

베이그란트의 서가 지닌 기능 중 하나는, 마법식을 룬 문자로 기입해서 원하는 때에 즉시로 사용 가능케 한다. 하지만 레이지가 된 이후 만난 서클 6 마법사는 펠튼이 유일했고, 베이그란트의 서를 얻은 이후에는 만난 적이 없어서 부탁조차 할 수 없었다.

베이그란트의 서를 건네준 엘레노어는 언짢은 표정으로 문 쪽을 바라보았다.

"저 애송이, 혹시 지금 육체와 오래전부터 알고 지내던 사이 아니야?"

"아마 그럴 거야. 포르테 가문과 크로이텐 가문은 아버지 대부터 친분이 있었거든."

"왠지 일이 골치 아프게 돌아갈 거 같아."

엘레노어는 여자로서의 직감으로, 레이지의 정체를 알게 될 경우 마리에타가 어떤 반응을 보여줄지 자연스레 연상되었다.

"아무래도 신경이 쓰여서 안 되겠어. 저 애송이를 어떻게든 납득시킨 뒤에 다시 이야기하자."

엘레노어가 오른손을 내밀더니 집게손가락을 까닥거렸다. 그러자 문이 활짝 열리면서 기대고 있던 마리에타가 비틀거리며 앞으로 풀썩 주저앉았다.

4

"애송이, 네가 건 마법은 내 실력으로 못 뚫어."

"……."

엘레노어는 긴 머리를 어깨 뒤로 넘기더니 마리에타를 향해 천천히 걸어갔다. 마리에타와 함께 방 안의 이야기를 엿들으려던 오를레앙은 엉덩이를 위로 향하고 얼굴을 땅바닥에 처박은 자세가 되어버렸다. 마리안느와 카트린느가 다급히 오를레앙을 끌고 복도 쪽으로 빼냈다.

마리에타는 주저앉은 채 고개를 들어 엘레노어를 바라보았다.

"다, 당신이… 현존하는 유일한 아크메이지 엘레노어님이 맞으신가요?"

"이놈이 이 모양이니 유일하다는 말은 맞겠지."

엘레노어는 오른손 엄지로 등 뒤를 가리켰다.

"엘레노어님, 물어볼 게 있어요."

"말해봐."

"오를레앙님께 들은 말인데… 너무나 말이 안 되어서 웃음도 안 나왔어요. 그래도 혹시나 해서 물어보겠어요."

마리에타는 레이지를 한 번 바라보더니 다급히 고개를 숙였다. 더 이상 자신이 알던 레이지로 보이지 않았다.

"레이지가 왜 제이워드… 님이라고 말하는 거죠?"

"저놈은 레이지가 아니야. 나와 함께 제국과 싸웠던 제이워드이지."

엘레노어는 팔짱을 끼고서 마리에타를 내려다 보았다.

"말도 안 돼요. 완전히 다르잖아요. 레이지의 어느 부분에서 제이워드님을 연상할 수 있죠?"

기억을 잃은 후 레이지가 예전과 전혀 다른 인간이 되었다는 건 그를 가장 많이 살펴봤던 마리에타 본인이 제일 잘 알고 있었다.

하지만 완전히 다른 사람이라고는 단 한 번도 생각해 본 적이 없었다. 바뀐 모습에 적응하기 힘들 때도 많았지만, 예전보다 진취적이며 능동적으로 바뀌었다고 생각하는 게 고작이었다.

"마리에타."

"말해봐요, 레이지."

엘레노어에 옆에 선 레이지는 지그시 눈을 감았다.

"엘레노어의 말이 모두 맞습니다. 전 레이지가 아닙니다."

"그런 식의 농담은 좋아하지 않아요, 레이지."

마리에타는 일부러 말끝마다 그의 이름을 붙였다. 자신이 틀리지 않았다는 일종의 항의였다.

"제이워드, 넌 빠져 있어."

엘레노어는 자세를 낮추더니 마리에타의 눈높이를 맞추었다.

"이것 봐, 애송이."

마리에타의 표정이 얼어붙은 듯 굳어버렸다. 기억을 잃은 직후 자신을 바라보던 레이지의 눈빛과 똑같았기 때문이다.

"아무리 기억을 잃었다고 해도, 마법 하나 제대로 쓸 줄 몰랐던 인간이 돌연 룬 문자를 줄줄 읊고 마법적 지식에 능통하고, 나아가서 서클 5인 널 가르칠 수 있을 정도로 변한다는 게 말이 돼?"

"……"

"사실 저 녀석의 태도나 행보에 의심을 품지 않았을 리는 없을 거야. 하지만 저 녀석이 원래 알고 있던 레이지가 아닐 거라는 추측은 전혀 못 해본 거야?"

"하, 하지만 그렇다고 레이지가 제이워드님이라는 말도 안 되는 결론이 맞다고 볼 수 없어요."

"하긴, 그때야 그럴 수 있겠지. 상식적으로 다른 얼굴에 같은 인간은 존재할 수 없으니까."

현재까지 단 두 명에 불과하지만, 예전 제이워드와 함께했던 동료들도 레이지가 직접 정체를 밝히기 전까진 몰랐다. 하물며 이전부터 레이지를 알고 있던 이들은 확연히 달라진 행동에 고개를 갸웃거릴지언정, 전혀 다른 인물로 바뀐 거라고 상상조차 못했다.

"하지만 원래 육체를 잃고 떠나니는 영혼을 다른 육체에 정착시킬 수 있는 마법이 존재한다면 어떻겠어?"

"그런 마법은 단 한 번도 들은 적이 없어요. 저는 비록 엘레노어님에 비하면 하찮은 마법사로 보일지 몰라도, 할아버지 펠튼을 통해서⋯⋯."

"서클 0."

엘레노어는 길게 이어진 말을 단 두 개의 단어만으로 대답했다.

"역시 모르겠지?"

"서클 0?"

"이제까지 극소수의 마법사들만이 알고 있는 고대의 마법이야."

"할아버지께선 그런 마법이 있다는 소리는 단 한 번도⋯⋯."

"난 같은 말 듣는 거 싫으니까 확실하게 말할게. 제이워드는 죽기 직전 서클 0에 해당하는 영혼 전이 마법으로 영혼을 육체에서 분리시킨 뒤 레이지의 육체에 정착했어."

마리에타는 엘레노어의 말을 도저히 받아들일 수 없었다.

마치 자신 혼자만이 바보가 된 듯한 느낌을 받았다.

"오를레앙님, 뭔가 말해보세요. 말도 안 되잖아요."

"저는 제이워드… 님과 엘레노어님께 간략하게 설명을 들었습니다. 너무 대단한 이야기라 믿기 힘들었지만, 그동안의 제이워드님… '레이지' 님의 행보를 감안한다면 충분히 가능합니다. 아니, 확실합니다."

마리에타의 안색이 새하얗게 변했다. 온몸에 힘이 빠져 당장에라도 쓰러질 것 같았다.

"서클 0이… 그런 마법이 진짜로 존재하나요?"

"그러면 내가 반대로 물어보겠어. 네가 레이지라 부르는 소년이 단순히 마나 컨트롤에 실패한 이후 깨어나서, 이제까지 보여주지 못했던 마법 실력을 보여주었어. 오러 하나도 제대로 익히지 못해서 쩔쩔맨 도련님이 널 능가할 정도의 마법 지식을 지니고 있었다는 걸 뭘로 설명할 테야?"

마리에타는 고개를 푹 숙이고 로브 자락을 강하게 움켜쥐었다.

"그게 정말인가요? 레이지?"

"네."

"그렇다면 레이지는 어떻게 된 거지요? 진짜 레이지는?"

로브를 움켜쥐고 있는 그녀의 손 위로 눈물이 뚝뚝 방울져 떨어졌다.

"말해보세요!"

다른 이들과 달리 마리에타는 제이워드의 영혼이 내려앉기 전부터 레이지를 알고 있었다. 기억상실증에 걸린 이후 자신을 매몰차게 대하던 그가 원망스럽기도 했다.

하지만 자신감을 가지고 능동적으로 행동하는 레이지를 바라보며 마리에타는 자신의 부족함을 깨달았다. 서클만 높을 뿐 다른 부분에서 그에 뒤쳐진다는 사실에 도도한 자신을 버렸다. 감정의 저울이 자신이 아닌 레이지 쪽으로 기울었고, 레이지에 대해 밝혀지지 않은 비밀들이 있다는 걸 알고 있음에도 그를 믿고 따랐다.

"애송이, 넌 제이워드의 영혼이 덧씌워진 이후에 레이지에게 호감을 느낀 게 아니었나?"

"……."

"그런데 이제 와서 전혀 딴 사람이라는 걸 알게 된다면 머리로 이해하더라도 가슴으로는 받아들일 수 없겠지. 어떤 심정인지는 대충 알겠어."

엘레노어의 지적에 마리에타의 눈물이 멈추었다.

하지만 이런 말로 그녀가 마음의 평온을 찾을 수 없다는 걸 엘레노어는 잘 알고 있었다.

"이봐, 정 괴롭다면 레이지에 대한 기억만 제거해 줄까?"

"네?"

"날 누구라고 생각해? 아크메이지 엘레노어라고. 그 정도는 쉽게 가능해."

엘레노어는 오른손을 내밀어 마리에타의 머리 위에 살짝 얹었다.

"물론 길이야 3~4년 정도밖에 유지되지 않을 거야. 하지만 지금 당장의 괴로움을 잊기엔 최고의 방법이기도 하지. 어떻게 할래?"

"저, 저는……."

"녀석에 대한 너의 감정과 별개로, 레이지가 진짜 레이지가 아닌 제이워드라는 걸 안 이상 그의 목적이 뭔지 알 거다. 단지 어린 소녀의 감성만으로 그가 걸어왔고 앞으로 계속 걸어갈 길을 뒤따라갈 수 있을까?"

크루디아 제국은 결코 호락호락한 적이 아니었다. 제이워드는 제국과의 전쟁에 거의 반평생을 바쳤다. 그가 지나간 자리에는 제국군의 피와 시체 그리고 저주와 원망의 목소리가 뒤따라왔다.

"이미 알고 있겠지만, 난 원래 크루디아 제국 황실 소속의 마법사였어. 내가 너와 같은 서클 5에 도달했을 때까지 죽여 온 이들의 수는 이미 백 단위를 넘어선 지 오래였어. 그랬기에 제이워드를 따라갈 수 있었던 거야. 너 같은 애송이에겐 절대 무리라고 봐."

엘레노어의 말이 이어질수록 마리에타의 말수는 적어졌
다.

보다 못한 레이지가 입을 열었다.

"마리에타."

자신의 이름을 부르는 레이지의 말에 마리에타는 움찔거
렸다. 더 이상 그녀가 알던 소년이 아니었기에.

"저는 제이워드로서 미처 마치지 못했던 복수의 끝을 봐야
합니다. 어쩌면 지난 제국 전쟁과는 비교할 수 없을 정도의
피를 보게 될지도 모릅니다. 그러니……."

"흐흑!"

결국 마리에타는 참았던 울음을 터뜨렸다. 그리고 복도를
가로질러 뛰어가 버렸다.

"넌 진짜 여자 대하는 게 서툴러."

엘레노어는 그럴 줄 알았다는 표정으로 고개를 가로저었
다.

5

마리에타가 아래층으로 내려간 뒤, 남은 이들은 엘레노어
의 방 안으로 들어갔다.

오를레앙과 레이지는 서로를 마주보고서 의자 위에 앉았

고, 엘레노어는 자신이 끼어들 대화가 아니라고 판단하고서 침대 위에 살짝 걸터앉았다. 카트린느와 마리안느는 부동자세로 오를레앙의 뒤에 서 있었다.

"저 역시 믿기 힘들었습니다. 제 눈앞에 있는 소년이 전설의 대마법사 세이워드였다니."

"전설이라는 말은 빼주십시오. 면전에서 대놓고 들으려니 제 쪽이 부끄러워질 정도입니다. 이왕이면 대마법사라는 칭호도 같이."

오를레앙은 이전에 없던 진지한 자세로 레이지를 대했다.

그의 사고관은 극단적으로 여성과 관련되기 일쑤였다. 남자를 판단할 경우에도 옆에 어떤 여자가 함께 있느냐로 결정되었다.

마리에타는 고작 열여덟 살의 나이에 서클 5에 다다른 실력자임이 분명하다. 그리고 나이에 비해 현명하며 사리분별력을 충분히 갖춘 여성이었다. 그런 그녀가 택한 남자가 레이지라면, 레이지 역시 엄청난 가능성을 지녔다고 판단했다.

하지만 그의 판단을 이런 식으로 훌쩍 뛰어넘을지는 몰랐다.

아크메이지 엘레노어가 이렇게 따르는 남자라니……. 한 나라의 왕자인 자신이 이렇게 초라하게 느껴지기는 처음이었다.

"전하께선 어떻게 하실 작정입니까?"

레이지는 당장 본론으로 들어가기로 결정했다.

그에게 있어서 자신을 따라온 이들의 구별은 너무나 간단했다. 자신이 제이워드라는 걸 알고도 따라오느냐, 아니면 도중에 떨어져 나가느냐, 단 두 종류뿐이었다.

"제가 진짜 제이워드인지 아닌지에 대해 믿든 안 믿든 간에 그건 전하의 자유입니다."

"저야 믿는 쪽입니다. 마리안느와 카트린느도 마찬가지입니다."

"하지만 제가 제이워드라면 앞으로 할 일이 뭔지 아실 겁니다. 웬만한 각오 없이는 절 따라오실 수 없습니다."

"멸망한 크루디아 제국의 잔당들이 설치지 못하게 막는 것, 그거 아닙니까?"

레이지가 왕궁에 온 다음날 갑자기 긴급 회의를 소집한 아버지의 의도를 오를레앙은 이제야 이해하게 되었다.

'왜 불쑥 왕위 계승 이야기까지 나왔는지도 알겠어. 제이워드와 함께 다니면서 멋지게 활약한다면 그거 자체가 충분한 자격 아닌가!'

"아실지 모르겠지만 전 아버님과 그다지 좋은 사이가 아닙니다."

"쥴리앙에게 익히 들어 대충 알고 있습니다."

"그렇지만 어릴 땐 아버지의 이야기를 곧잘 듣곤 했습니다. 당시 절 설레이게 했던 이야기는 바로 당신, 제이워드와 함께 했을 때의 이야기였습니다."

갑작스런 형들의 죽음과 이어진 아버지의 사망으로 쥴리앙은 엉겹결에 발렌시아의 왕이 되어버렸다.

제국과의 전쟁이 한창 벌어지는 와중에 처리해야 하는 일은 산더미처럼 쌓여 있었고, 아직 기반이 잡히지 못한 그를 어떻게든 왕좌에서 끌어내리기 위한 음모가 왕궁에서 착착 진행되고 있었다.

힘겨운 하루하루를 보내던 그의 유일한 즐거움은 여자가 아닌 어린 아들과 함께 보내는 시간이었다. 특히 같이 전장에서 싸웠고, 계속 활약하고 있는 제이워드의 이야기는 당시 열 살이었던 오를레앙에게 흥미진진한 모험담으로 다가왔다.

사실 쥴리앙이 전쟁터에서 활약한 이야기는 본인이 스스로 생각해도 별 재미가 없었다. 모범을 보이기 위해 전쟁터에 직접 뛰어들었지만, 어디까지나 그는 한 나라의 왕자 신분이었다. 결국 극히 위험한 전투에는 배제되어 본진이나 지키고 있어야 했다. 게다가 워낙 여자와 염분이 많았던 터라 실제 활약은 그다지 부각되지 않았던 점도 컸다.

"아버님께서만 느꼈던 그 스릴과 박진감을 저도 만끽할 수 있게 되었는데 제가 왜 도망가겠습니까?"

"죽을 수도 있습니다."

"왕실에 있다는 것 자체가 언제 다가올지 모르는 죽음과의 싸움입니다. 죽음이라는 단어는 저에게 더 이상 두려움을 가져다주지 못합니다. 그리고 무엇보다!"

아버지처럼 여자를 밝히고, 느끼한 대사를 서슴치 않고 내뱉긴 해도 한 나라의 왕자는 그냥 되는 게 아니다. 그리고 제국과의 전쟁에서 가장 큰 활약을 한 발렌시아 왕국의 왕, 줄리앙의 핏줄이 흐르고 있었다.

"아버님은 종종 말씀하시곤 했습니다. 이상하게도 제이워드와 함께 있으면 아름다운 여성과 접할 기회가 많았다고. 제이워드님과 함께 한 지 고작 한 달도 안 되었는데 이렇게 아름답고 매혹적인 여성분이 제 눈앞에 있습니다. 그런데 제가 물러설 거 같습니까?"

오를레앙은 오른손을 뒤로 내밀었다. 그러자 마리안느가 알아서 장미꽃을 건네 주었고, 오를레앙은 탁자를 휙 뛰어넘더니 엘레노어의 앞에 착지했다.

"엘레노어님의 이야기는 아버님을 통해 많이 들은 바 있습니다. 마법의 힘으로 구현한 지금 모습도 당연히 아름답지만, 원숙한 30대의 외모 역시 저의 가슴을 사로잡고 놓아주지 않는군요."

엘레노어는 피식 웃으면서 그의 장미를 받아 들었다.

"미안하지만 내 마음은 제이워드로 향한 지 오래야."

"크으~ 역시! 아버님께서 종종하셨던 말이 떠오릅니다. 막상 진짜로 마음에 드는 여자들은 죄다 프레드릭 경이나 제이워드님만 바라봤다면서. 그 분함을 저도 알 거 같습니다."

오를레앙온 아쉬워하는 표징으로 원래 자리로 돌아갔나. 엘레노어는 얼굴에 장미를 가져가 향기를 맡은 뒤 마법으로 멀리 떨어진 물병 안에 꽂았다.

"저 녀석, 말하는 투하며 행동 하나하나까지 진짜 쥴리앙을 빼닮았어."

"내가 생각해도 그래. 아니, 한 술 더 뜨는 거 같아."

레이지와 엘레노어는 동시에 같은 인간의 얼굴을 떠올리며 웃었다.

"그런데 아버님의 친구이신 분께 존댓말을 듣는 게 영 어색합니다. 그리고 제이워드… 님이라고 불러야 할까요?"

"그냥 지금처럼 대해 주십시오. 제가 직접 정체를 밝히지 않는 이상, 남들에겐 크로이덴 가문의 차남 레이지로 알려져야 하니까요."

오를레앙은 고개를 끄덕이며 만족한 표정을 지었다.

"카트린느, 마리안느."

"네, 전하."

"그대들은 어떻게 할 작정인가?"

자신을 믿고 따라오는 자들이지만, 억지로 위험한 길에 동행시킬 마음은 오를레앙에게 없었다. 두 여성의 힘을 믿지 못해서가 아니었다.

카트린느와 마리안느는 안절부절 못하고 있는 오를레앙의 등을 보며 살포시 미소 지었다.

"전하가 가는 곳이라면 지옥 끝이라도 따라가기로 예전에 결심했습니다."

"저희들을 못 믿으셨다니, 많이 섭섭합니다."

오를레앙은 자리에서 일어난 뒤 양손을 내밀어 그녀들의 어깨를 두들겨 주었다. 과연 자신이 직접 보고 선택한 여성들은 다르다는 자부심이 느껴졌다.

"자, 그러면 저희들은 이만 물러나겠습니다. 홀로 계실 마리에타님 위로도 할 겸 해서요."

"제가 말할 입장은 아니지만, 잘 부탁드립니다."

"걱정 마십시오. 그리고 마리안느, 그걸 레이지님께."

마리안느는 에이프런 안쪽에 손을 집어넣더니 무언가를 꺼냈다. 겉을 싸고 있는 종이 포장을 손수 간 뒤에 레이지의 손바닥 위에 공손히 올려놓았다.

"자! 그러면 두 분, 좋은 밤 되십시오."

오를레앙이 두 여성을 데리고 밖으로 나가자, 레이지는 마리안느가 건네 준 알약을 멍하니 바라봤다.

"······."

"그건 뭐야?"

"발렌시아 왕실에 대대로 전해진다는 피로회복제라는데. 단순히 피로 회복 용도만은 아닌 것 같지만."

"이거 줄리앙이 히구한 날 믹딘 그거잖아. 어떤 생각인지 뻔히 보이네. 진짜 녀석과 판박이야. 정말 못 말리겠어."

레이지의 머릿속에 서로 만난 적이 없는 두 남자의 얼굴이 동시에 떠올랐다. 왠지 모르지만 상상 속의 둘은 엄지손가락을 치켜세우며 반짝이는 이빨을 보여주고 있었다.

'크루제이커의 제자 중 오를레앙도 있었지? 왜 스승과 똑같은 말을 꺼내는지 원······.'

6

레이지와 단 둘이 있게 된 엘레노어는 그동안 쌓아둔 이야기를 주고받았다. 낮이 지나 어느덧 밤이 깊어갔지만, 둘의 대화는 끝날 줄 몰랐다.

"나르디안 경이 그럴 줄이야······."

엘레노어 자신은 도중에 제이워드로부터 떠나갔지만, 다섯 영웅이라 불리는 나머지 네 명은 달랐다. 그 어떤 일이 있어도 제이워드를 배신할 거라곤 생각하지 못했다.

"그래서 날 만나는 걸 망설였구나."

"줄리앙을 만나기 전까진 난 옛 동료라는 이유만으로 정체를 털어놓을 자신이 없었어. 등에 한 번 칼 찔리고 나니까 그렇게 되더군."

물론 제국과 오랜 시간 동안 싸워오는 와중에 배신한 이들 자체가 없었던 건 아니다. 하지만 제국의 마지막을 장식한 네 명의 동료는 달랐다. 그들의 힘이 있었기에 제국을 멸망시킬 수 있었고, 그렇기에 그들 앞에선 방심하기에 이르렀다.

"난 너에게 달라붙은 여자들을 하나하나 체크했어. 거기에서 제외된 유일한 여자가 바로 나르디안 경이었지."

"그래?"

"여자로서 보기 드물게 너와 우정이라는 단어로 연결된 경우였지. 널 빼앗지 않을까 걱정하지 않았지만, 다른 부분에선 부러웠어."

엘레노어는 제이워드가 학수고대하던 제국의 마지막을 볼 때까지 그에게 힘을 보태고 싶었다. 그러나 우정이 아닌 사랑이라는 감정에 제이워드는 응하지 않았다. 그래서 프레드릭과 베른, 그리고 나르디안을 질투했던 게 사실이었다.

"하지만 지금은 그저 쓰러뜨려야 하는 존재에 불과해."

레이지는 움켜쥔 찻잔에 힘을 가득 주었다.

그러자 무의식적으로 발동한 오러 때문에 산산조각 나버

렸다.

"젠장, 또 이렇군."

"확실히 너 달라졌구나. 아무리 내 앞이라고 해도 분노를 주체하지 못하다니."

나르디안이 기억하고 있는 제이워드는 그 어떤 때에도 냉정을 잃지 않았다. 의외의 부분에 허술하긴 했어도 그것 역시 제이워드의 계산하에 용납되는 행동이었다.

"나르디안을 이기기 위해선 단순히 예전의 힘만으로는 부족해. 악운이 강했는지, 레이지의 육체는 오러를 익힐 수 있는 체질이었어."

레이지는 오러에 휘감긴 오른손을 들어올렸다.

제이워드였을 때에는 얻을 수도 없었고 얻을 생각조차 안 했던 영역의 힘, 그것을 죽은 뒤에 얻었다는 게 참으로 아이니컬했다.

"랭크 3에 서클 3이지?"

"네 제자 녀석은 대뜸 워락이라고 부르더군. 하지만 아직 많이 미흡해. 워락 자체에 대해서 잘 알지도 못하고. 혹시 관련 서적이라도 구할 수 있을까?"

"워락에 대한 문서는 현재 거의 남아 있지 않지. 아무나 될 수 있는 게 아니다 보니, 굳이 남겨봤자 효용성이 없거든."

교단이 조직적으로 육성하는 성당기사단, 오직 운명에 의해 결정되는 세이지와 달리 워락은 운과 노력 모두가 결합되어야 도달할 수 있는 영역이다.

우선 오러를 익히기 위해선 체질 자체가 오러에 적합해야 한다. 제이워드일 때엔 체질 자체가 부적합해서 불가능했다.

오러를 익힐 수 있다 해도 마법과 동시에 익히기엔 인간의 '수명'이 너무 짧다. 가장 젊은 그랜드 마스터 프레드릭의 경우 오러의 천재였기에 가능한 일이었다. 그런 그도 마법을 익히기엔 무리였다. 특히 머리로 이해하고 분석해야 하는 마법과 순수하게 몸의 감각과 본능으로 깨달아야 하는 오러는 성격 자체가 서로 상극이다.

홀리 유저의 경우 신에게 선택된 자들이기 때문에 처음부터 비교 대상에서 제외된다. 홀리 유저의 강함을 나타내는 클래스는 신앙 생활을 오래하면 할수록 자연스럽게 늘어난다. 개중에는 베아트리체처럼 어린 나이에 높은 신성력을 가지는 케이스도 있지만 역시 '신의 선택'이다.

이런 여러 가지 이유로 제이워드였을 때 무수한 마법 서적을 읽고 잊힌 마법을 재해석해 발굴하기도 했지만 정작 워락에 대해선 파고들지 않았다.

"대신 예전에 읽었던 책 내용 정도는 기억해 낼 수 있어. 나도 너 못지않게 천재잖아?"

한때 아크메이지였던 자와 현재 아크메이지인 자들끼리

천재라는 단어가 자연스럽게 튀어나왔다.

"워락의 강점은… 그래, 그거였어. 오러와 마법의 융합이라는 점에 있지."

"융합이라……."

"이건 따로 익혀서 얻을 수 있는 성질의 것이 아니야. 오러와 마법 두 분야에 대한 해박한 지식과 해석 능력이 뒷받침되어야 하지. 정확히는 마나 자체에 대해 잘 알아야 하니 마법사 쪽이 더 이해하기 쉬워."

마법사가 된 직후 순수하게 마법만 파고든 제이워드와 달리 엘레노어는 오러에 대해서도 이론적으로 세세하게 파악하고 있었다.

이는 그녀의 원래 소속이 황실 직속 마법사였다는 점에 기반한다. 최고의 세력을 누렸던 나라인 만큼 마나 그 자체에 대한 기초 이론과 분석력은 다른 국가들을 훨씬 앞서갔다.

"융합을 써본 적이 있어?"

"융합?"

"워락인 네가 더 잘 알 거 아냐?"

"두 힘을 섞을 경우 비약적인 위력이 발생한 적이 몇 차례 있었어. 정확히는 두 번. 그걸 융합이라고 부르던가?"

"그래, 그거야. 마법을 쓸 땐 마나를 응축시켜서 해당 마법을 기동시키는 주문을 읊음으로서 구현화시키는 과정을 거치지. 오러의 경우는 혈관을 타고 흐르는 피를 매개체로 마나를 순환시켜서 지속화시키지."

막상 이렇게 분석된 내용은 오러 유저들에게 하등 도움이 되지 못했다. 이해 자체를 못하는 인간들이 태반이었고, 이해 하더라도 랭크를 당장 올리기엔 불가능했다. 결국 인위적인 방법이 필요했다.

"마법을 쓸 때의 마나는 단단히 뭉쳐진 하나의 덩어리, 오 러를 구현할 때의 마나는 세세하게 가는 선 혹은 점으로 분리 된 걸 촘촘히 엮은 것과 다름없어. 그런데 이 덩어리와 선을 엮은 게 뒤섞이면 어떻게 될까?"

"훨씬 더 견고하게 변하겠군."

"구체적인 과정은 나도 잘 모르지만, 오러와 마법을 따로 사용하는 경우보다 훨씬 더 강해지는 것만은 분명해."

엘레노어는 단순히 워락에 관련된 책 내용을 읊는 수준에 머물렀다. 결국 레이지 본인이 파고드는 방법 밖에 없다는 결 론으로 이어졌다.

"꽤 늦었군."

레이지는 창문 밖으로 보이는 달을 보고 자리에서 일어섰 다.

"벌써 자려고?"

"오늘만 날도 아니잖아. 쌓인 이야기는 날이 밝으면 해보도록 하자."

엘레노어는 요염한 눈길을 보내더니 침대 위를 툭툭 두들 겼다.

"여기서 같이 자는 건 어때?"

레이지는 그녀의 유혹을 웃음으로 가볍게 받아넘겼다.

"좋은 꿈 꾸도록 해."

문이 닫히면서 홀로 남게 된 엘레노어는 침대 위에 얼굴을 파묻었다.

"바보."

당연히 거절할 거라 예상했기에 슬퍼하거나 실망하지 않 았다. 레이지가 된 이후에도 변하지 않는 부분이 있다는 걸 새삼 확인한 것 정도였다.

"그토록 보고 싶었던 널 만난 내가 오늘 잠들 수 있을 리가 없잖아……."

Chapter 33
녹슬지 않은 실력

1

베르시아 신성력 1393년 8월 1일.

졸다크 왕국.

프라디나스 대륙 서쪽 외곽에 위치한 국가로서, 500년이 넘는 역사를 자랑하지만 대륙의 세력 판도에 영향을 끼친 적이 거의 없는 약소국가라는 이미지가 강했다.

그러나 대륙 전쟁 이후로 졸다크 왕국은 급성장하기 시작했다. 불과 30대의 나이에 검제라는 칭호로 불리게 된 그랜드마스터 프레드릭 A. 테일런의 등장은 대륙 곳곳에 그의 모국

졸다크 왕국의 이름을 널리 퍼뜨렸다. 운 좋게도 위치상 제국의 침공을 단 한 차례도 직접 받아본 적이 없었기에 전후 피해 복구에 힘을 쏟을 이유도 없었다. 하지만 이는 상대적으로 제국의 망령에 대한 경각심이 낮아지는 결과까지 초래했다.

"지금 당장에라도 병력을 마련해서 제국 잔당들을 일망타진 해야 합니다!"

프레드릭은 탁자를 두 주먹으로 강하게 내려쳤다. 평소 침착하기로 잘 알려진 그에게서 보기 힘든 모습이었다.

"프레드릭 경, 이전부터 말하고 싶었던 것이지만 그들을 너무 과대평가하는 것이 아닙니까?"

"제국과의 20년이 넘는 전쟁으로 어떤 결과가 벌어졌는지 다들 잘 아시지 않습니까?

전날 있었던 각료 회의에서 제대로 된 결론이 나지 않자, 프레드릭의 주장에 의해 오늘까지 계속 이어졌다. 그러나 어제와 마찬가지로 서로의 주장이 뒤엉킬 뿐 해결될 기미는 보이지 않았다.

"그들이 움직임을 보인다는 구체적인 소식은 아직 없다고 알고 있습니다. 기껏해야 이런 편지 한 장 달랑 던져 놓은 정도에 불과한데, 과민반응은 아닐는지요?"

"현재 젤로스 왕국에 파병된 병력을 빼내기엔 무리입니다. 이런 상황에서 괜히 불안감만 퍼뜨리는 행동은 자제해야 합니다."

"잔당들이 다시 일어선다고 칩시다. 그래 봤자 이곳 졸다크 왕국에 공격 한 번 못해본 제국의, 그것도 잔당들이 뭘 하겠습니까? 테러 정도에 졸다크 왕국이 흔들릴 정도로 약하다고 보기엔 무리입니다."

같은 주제로 회의가 벌어졌던 발렌시아 왕국과는 다른 구도로 이야기가 흘러갔다. 이는 대륙 전쟁 당시 가장 큰 피해를 입었던 발렌시아와 달리 졸다크 왕국은 제국군 한 명도 국경선을 넘어 침범해 온 적이 없었기 때문이다. 대부분의 국민들에게 있어서 크루디아 제국이라는 이름은 튼튼한 우리 안에 갇힌 채 나갈 힘도 없는 늙은 맹수나 마찬가지였다.

서로 격렬한 토론이 벌어지는 와중에 막상 왕은 그들의 말을 한마디도 귀담아 듣지 않았다. 하품을 하면서 지루함을 달래기만 했다.

프레드릭을 제외한 대부분의 대신들이 반대 의견을 표명한 가운데, 시녀 한 명이 왕에게 다가와 귓속말을 건넸다.

"폐하, 왕비님께서……."

"오, 그래?"

현 졸다크 왕국의 왕 노멜스 8세는 기쁜 얼굴로 일어섰다. 그러자 토론 중이던 대신들이 일제히 의자 위에서 일어났다.

"짐은 급한 일이 있어서 이만 물러가도록 하겠소. 이번 안

건은 레스톤에게 맡기겠소."

노멜스 8세는 곧 있을 왕비와의 즐거운 시간을 떠올리며 회의실 밖으로 나갔다.

열아홉 살의 왕자 레스톤은 프레드릭을 바라보며 코웃음을 쳤다. 전쟁을 경험해 보지 못한 레스톤에게 그의 말은 더 이상 귀담아 들을 필요가 없었다.

"아무래도 프레드릭 경, 당신 혼자만이 다른 의견을 취하고 있는 것 같습니다만⋯⋯. 틀립니까?"

"레스톤 전하! 하지만 이건 단순히 다수의 의견만을 참고할 사항이 아닙니다!"

"회의는 이걸로 끝입니다. 더 이상 목소리를 높여봤자 달라지는 건 하나도 없습니다."

레스톤이 자리에서 일어나 회의장 밖으로 나가자 다른 대신들도 줄지어서 그를 따라갔다. 홀로 남게 된 프레드릭만이 분함을 이기지 못하고 탁자를 연거푸 내려쳤다.

'이러면 안 돼. 예전엔 이렇게까지 경계심을 풀지 않았는데⋯⋯. 다들 왜 이렇게까지 변해 버린 거지?

대륙 전쟁이 끝난 후 졸다크 왕국의 왕족이 건너가 세운 젤로스 왕국은 산맥이 국토의 1/4을 차지할 정도로 쓸모없는 지역이라 알려져 있었다. 하지만 2년 전 발견된 광산은 젤로스 왕국은 물론 졸다크 왕국에게도 막대한 부를 가져다

주었다.

순식간에 발렌시아 왕국 다음 가는 세력으로 성장한 졸다크 왕국은 풍요 그 자체였다. 왕이 없는 국가라는, 사상적으로 충돌할 수밖에 없는 케이서스 공화국과의 분쟁에 돈으로 고용한 다수의 용병을 투입시킬 징도였다.

'왜 다들 내가 단순히 제이워드의 복수만을 위해 적개심을 불태운다고 생각하는 거지?'

프레드릭은 대륙 전쟁 당시 대부분의 시간을 졸다크 왕국으로부터 멀리 떨어진 전장에서 보냈다. 그 결과 인지도에 비해 자국 내 정치적 입지는 상당히 작은 편이었다.

대륙 전쟁 중 그를 지원하던 자들은 대부분 전쟁터에서 죽거나 은퇴했다. 그 결과 현재 졸다크 왕국의 정치 세력 대다수가 대륙 전쟁에 한 번도 참가 안 한 이들로 채워졌다.

'나에겐 남은 시간이 많지 않아. 그들이 하나의 세력으로 뭉치기 전에 색출해 내야 해.'

전쟁이 끝난 직후, 모국으로 귀환한 그는 졸다크 왕국의 위대한 영웅이었다. 그리고 평화가 지속되면서 그의 명성은 차츰 잊혀져 갔다.

어차피 조국을 위해서 검을 든 그에게 영웅이라는 칭호 따위 필요없었다. 자신의 손으로 직접 이룬 평화가 유지되기만 하면 충분했다.

하지만 시간이 흘러갈수록 어두운 그림자가 다시 찾아온다는 걸 그는 직감했다. 함께 싸웠던 다섯 영웅 중 한 명은 이미 죽었고, 두 명은 국경선 분쟁 때문에 적으로 만날 수밖에 없다. 이런 와중에 제국의 잔당이 움직이기 시작한다는 사실을 묵시할 수 없었다.

'제이워드, 쥴리앙 폐하, 엘레노어님…… 당신들이 보고 싶습니다.'

＊　　　＊　　　＊

"지루한 시간이었어."

레스톤 왕자는 앉아 있는 동안 굳어버린 어깨를 매만지며 복도를 걸어갔다. 그 뒤를 따라오는 귀족들은 억지 미소를 지으며 그의 비위를 맞추기 급급했다.

"전하 말씀대로 이 평화로운 시기에 병력 소집이라니, 말도 안 됩니다."

"이번 기회에 프레드릭 그자를 어떻게 처리하는 게 낫지 않습니까? 고작 전공 몇 번 세웠다고 감히 이런 자리에까지 얼굴을 들이민다는 게 영 못마땅합니다."

대륙 전쟁 때만 하더라도 총명했던 왕 노멜스 8세는 새 왕비를 맞이한 이후 정치에는 일절 관심을 두지 않았다. 귀족들의 관심은 자연스레 차기 왕으로 유력한 레스톤에게 쏠렸다.

"하지만 전하, 현재 케이서스 공화국과의 대치 상황을 감안한다면 그랜드 마스터인 프레드릭 경의 존재 가치는 아직 남아 있습니다."

레스톤 왕자의 비시 알렉시나는 '처리'라는 단어에 민감하게 반응했다. 그랜드 마스터를 무려 두 명이나 보유한 케이서스 공화국과의 분쟁이 아직 끝나지 않은 지금 그랜드 마스터인 프레드릭을 굳이 제거할 필요는 없었기에.

"과연 그럴까?"

레스톤은 알렉시나의 말에 의문을 제시했다.

"프레드릭은 더 이상 예전의 프레드릭이 아니야. 지난번 시험 삼아 롤리앙스 경과 대련을 시켜본 뒤에 확신이 들었지."

졸다크 왕국 내 프레드릭 다음의 실력을 지닌 오러 유저 롤리앙스는 레스톤의 심복 중 하나다. 자신보다 약한 자들에게 오만하게 굴면서 높은 위치에 있는 자들에게 굽신거리는 타입이다. 30대의 젊은 나이에 랭크 6에 들어선 그는 자신있게 대륙 전쟁에 참여했으나 혹독한 패배를 경험하고선 부상을 핑계로 전쟁이 끝날 때까지 졸다크 왕국 내에 머물렀다.

그 사이 두각을 나타낸 프레드릭에 의해 그마나 있던 명성마저 사라지고, 랭크마저 뒤처지게 되었다.

"절대 그랜드 마스터라 볼 수 없었어."

"일시적인 랭크 하락으로도 볼 수 있지 않습니까?"

"아냐, 달라. 검제 프레드릭은 더 이상 없어."

대련이라 해도 롤리앙스를 상대하는 프레드릭의 오러는 결코 예전 같지 않았다. 단순히 옛 감각을 잃어버린 정도가 아니라 랭크 자체가 하락했다는 사실을 대련을 구경하던 레스톤은 날카롭게 알아챘다.

레스톤은 대륙 전쟁 당시 함께 싸웠던 그랜드 마스터 베른의 경우를 떠올렸다. 보르가이나 공성전에서 심각한 부상을 입었던 베른은 한동안 랭크가 한 단계 내려간 상태에서 싸워야 했다.

프레드릭 역시 무수한 전투 속에서 랭크가 몇 번이나 내려가고 다시 회복시키는 일을 반복했다. 그러나 그때는 부상이라는 원인이 있었지만 지금은 다르다.

"더 이상 검을 쥘 수 없는 영웅은 석상으로 충분해."

2

레이지는 탁자 위에 펼쳐 놓은 종이를 바라보며 고개를 갸웃거렸다.

"이 방은… 비밀통로가 왼쪽 벽이었던가, 아니면 오른쪽이었던가?"

총 40개의 방이 백여 개가 넘는 길로 연결된 던전을 레이지는 기억을 살려서 그리는 중이었다. 던전 안에 거주하고 있는 몬스터의 수와 종류를 상세히 기록했고, 함정의 위치와 종류까지 각 위치에 표시되어 있었다. 워낙 복잡한 구조의 던전인지라 그리는 데 소모된 잉크병만 벌써 두 병째였다. 깃털펜과 그걸 쥐고 있는 오른손은 온통 검게 물들어 있었다.

"아, 여기였지."

그는 마지막 통로를 완성한 뒤 오른손에 불길을 생성했다. 그리고 지도 위에 조심스레 휘저으며 아직 젖어 있는 잉크를 말렸다.

"어디 가려고?"

레이지의 어깨 너머로 엘레노어가 불쑥 얼굴을 내밀었다.

"흐응, 펠리오르 던전이잖아?"

암흑의 숲 정가운데에 위치한 마탑으로부터 2km 위에 던전으로, 원래 암흑의 숲에 거주하던 몬스터들 중 일부가 거주하고 있는 곳이다. 입구에 들어서자마자 나타나는 강력한 몬스터들은 경험 많은 모험가들이라 해도 두려움에 떨게 만든다. 현재 공식적으로 이 던전을 돌파한 사람은 대마법사 제이워드밖에 없다.

"어제 밤 자지도 않고 뭐하나 싶었더니, 이걸 그린 거야?"

"나 혼자 가는 게 아니니 다른 사람들에게 보여주려고."

"다른 사람? 그 애송이하고 함께?"

마리에타가 언급되자 레이지는 입을 다물었다.

"아직도 방에 틀어박혀서 나오지 않더라. 생각보다 충격이 심했나 봐."

레이지와 오를레앙 일행이 마탑에 머문 지도 벌써 나흘이 지나갔다.

오를레앙은 마탑 2층부터 5층을 차지하고 있는 서재에 들어가 프라디나스 대륙의 알려지지 않은 역사서들을 탐독했다. 카트린느는 마탑 지하의 보물창고로 들어가 맘에 드는 무기를 찾는 데 여념이 없었다. 엘레노어가 제국군으로 싸우던 시절 던전이나 유적을 탐사하며 얻은 각종 무기나 장비들이 창고를 가득 메우고 있어서, 그 중 원하는 걸 고르는 자체가 일이었다.

마리안느는 오를레앙의 옆에서 각종 마법서들을 쌓아놓고 독서에 빠져들었다. 발렌시아 왕궁도서관에도 없는 희귀한 마법서들이 발견될 때마다 그녀의 눈동자는 빛이 났다.

레이지는 엘레노어와 대화하는 데 대부분의 시간을 보냈다. 비록 오러를 익히지는 못했지만 이론과 논리적으로 분석해 이해하고 있는 그녀와의 대화는 레이지에게 많은 도움이 되었다. 엘레노어는 그의 질문에 꼼꼼하게 대답하면서도 화제를 예전의 추억으로 바꾸곤 했다. 레이지는 엘레노어와 겪었던 일들을 다시 떠올리며 가볍게 웃을 뿐이었다.

"걱정돼?"

엘레노어는 레이지의 목에 팔을 두르고선 왼쪽 어깨에 뺨을 비볐다.

"섣부른 짓을 하지 못하도록 쉐스를 붙여놨으니 큰 걱정은 안 해도 돼."

덕분에 쉐스는 마리에타의 일거수일투족을 감시해야 했다. 막상 마리에타는 침대 위에 드러누워 멍하니 시간만 보내고 있었지만.

"그런데 말이야, 펠리오르 던전을 갈 거면서 나한테 왜 한 마디도 안 했어?"

"굳이 그걸 미리 말해야 하나?"

"떠나면 그때처럼 다시 안 돌아올 거 같아서 그래."

"절대 그럴 일은 없을 거야."

"거짓말."

지금은 이렇게 레이지를 보며 행복한 하루하루를 보내고 있지만 제이워드의 죽음 이후 가슴 아팠던 날들을 그녀는 결코 잊지 않았다.

"그런데 굳이 지도까지 그릴 필요는 없잖아? 나와 함께라면 눈감고도 최하층까지 갈 수 있는데 굳이……."

"너하고 가면 실력 향상은커녕 퇴보하고 말 거야. 게다가 한 나라의 왕자를 데리고 가는 건데 준비는 확실히 해둬야지."

"하지만 너무 상세한 지도라서 너 빼고 다른 애들 실력은 늘어나지도 않겠다. 예상 못한 상황에서 대응하는 것만큼 실력 키우는 게 없잖아?"

"널 말로 이기는 건 예전에도 그랬고, 진짜 힘들군."

"남자는 여자를 말로 못 이겨, 몰라서 그래?"

레이지의 입에서 피식 하는 웃음소리가 새어 나왔다. 그는 작성을 끝낸 지도를 반으로 접고 접어서 손바닥만 한 크기로 줄였다.

"쉐스는 필요하지 않아?"

쉐스라는 이름에 레이지의 입술이 씰룩거렸다.

"그 녀석, 날 볼 때마다 죽일 듯한 눈초리이던걸."

자신이 예전의 대마법사라 주장하는 소년이 난데없이 나타나 소중한 스승의 옆을 항상 차지하고 있으니 고운 대접을 받을 리 만무하다.

'만일 샤를로트 스승님 옆에 누군가 있었다면, 옛날의 나도 그렇게 행동했겠지. 하지만 예전의 나와 비슷한 외모의 남자가 날 쏘아보니 참 뭐랄까…….'

말로 표현하기 힘든 복잡한 심정이었다.

엘레노어는 자세를 바꾸더니 레이지의 허벅지 위에 털썩 앉았다. 손을 그대로 놔두면 껴안은 자세가 되기에 오른손은 머리 뒤에, 그리고 왼손은 그냥 아래로 축 처지게 놔두었다.

"굳이 던전까지 들어가면서까지 고생할 필요는 없잖아? 너도 알고 있을 거야. 이런 거 말고 손쉽게 강해지는 방법이 있긴 하지."

"그거 말이냐?"

"하지만 네 성격상 그걸 행할 리 없지."

상대방의 동의하에, 상대의 오러 능력이나 마법 능력을 흡수하는 걸 의미한다. 고대의 마법으로, 서클 0은 아니지만 아는 이들이 극소수라는 점에서 공통점을 지녔다.

그녀는 한때 스승이었지만 지금은 증오하는 사이가 되어버린 바르가스와 함께 묻혀져 있던 고대의 마법을 발견하고 해석했다.

그때 발견한 것이 바로 그 마법이었다. 하지만 타인의 생명을 희생해야 하는 단점 때문에 엘레노어 본인은 단 한 번도 쓰지 않았다. 제이워드는 마법의 존재 자체만 알고 있을 뿐 구체적인 사용법은 듣기를 거절했다.

"성격 이전에 그건 효율성이 너무 떨어져. 혼자 강해져 봤자 할 수 있는 일에는 한계가 명확해. 능력을 흡수할 정도의 실력자가 있다면 동료로 삼는 게 현명하지."

"그래, 제이워드 너라면 그렇게 대답할 줄 알았어."

"그러면 난 잠시 다녀올게."

"그럴 필요 없어."

엘레노어는 레이지의 무릎 위에서 내려오더니 벽을 향해 왼팔을 뻗었다. 책장 위를 차지하고 있던 정육면체의 나무 상자가 천천히 내려오더니 탁자 위에 놓였다.

엘레노어가 두 손으로 상자를 살며시 매만지자, 금이 쫙쫙 가기 시작하면서 그 틈으로 빛이 뿜어져 나왔다.

"이거 맞지?"

3

마나 스톤으로 제작된 수정구가 은은한 빛을 내며 방 안을 밝히고 있었다.

수정구 안에 들어 있는 마나는 예전 제이워드의 것이었다. 그리고 수정구가 있어야 할 곳은 펠리오르의 던전 깊숙한 곳에 위치한 비밀 연구소였다.

"……"

레이지는 말이 없어졌다.

막상 원하는 걸 쉽게 손에 넣었음에도 전혀 기쁘지 않았다.

"내 비밀 연구소에 함부로 들어간 거냐?"

'함부로'라는 단어에 엘레노어의 인상이 살짝 험악해졌다가 원래대로 돌아갔다.

"나 순간이지만 기분 확 나빠진 거 알지? 내가 던전으로 들어갔을 땐 네가 죽은 직후였어. 내가 이까짓 마나 좀 담긴 구슬 따위 왜 얻으려고 했겠어?"

제이워드가 죽기 전 남긴 것을 어떻게든 손에 넣기 위해서였다. 마음 같아서는 그가 남긴 모든 비밀 연구소를 혼자서 다 발견해, 그의 손길이 담긴 걸 모조리 그녀만의 것으로 만들고 싶었다.

당장에라도 울 듯한 표정으로 바뀐 엘레노어를 보자 레이지의 마음이 무거워졌다. 그녀가 어떤 생각으로 왜 그랬는지 단번에 깨달았기 때문이다.

"무엇보다 내가 여기에 살고 있다는 걸 뻔히 알고 있으면서, 달랑 비밀 연구소만 마련하고 떠난 게 고까웠어."

"그건 미안하게 생각해."

"미안하다고 해결될 문제가 아니었다고, 그건. 뭐, 난 마음이 넓은 여자이니까 이해해 주겠어."

"그래, 너에게 그렇게 행동했던 날 받아들여 준 것만 해도 충분히 넓어. 정말로 고마워."

레이지가 진지한 표정으로 감사를 표하자 엘레노어의 얼굴이 붉게 달아올랐다. 결국 레이지로부터 떨어져 침대 위로 블링크를 해버렸다.

레이지는 두 손으로 수정구를 움켜쥐고 눈을 감았다. 수정구를 감싸던 마나의 빛이 그의 두 손을 휘감더니 팔을 타고 올라가 전신을 둘러쌌다.

레이지의 몸이 수정구 안에 응축되어 있던 마나를 빠른 속도로 빨아들였다. 머리카락이 위로 솟구쳤고, 옷 소매가 바람에 휘날리는 것처럼 펄럭거렸다.

눈을 뜨자 레이지는 마나의 빛에 휘감긴 자신을 보고 수정구에 손을 뗐다. 두 손을 주먹 쥐자 마나의 파동이 그를 중심으로 확 퍼졌다.

"이제 겨우 서클 4가 된 걸 축하해."

"그래, 이제 겨우지. 베이그란트의 서 덕분에 간신히 위저드 등급에는 도달했지만."

레이지는 서클을 직접 확인해 보기 위해 룬 문자를 읊었다가 입을 다물며 취소했다. 엘레노어의 방을 엉망진창으로 만들 수는 없었다.

"이런 식으로 갑자기 서클이 올라가는 건 매직 유저 입장에서 권장되지 않지만, 넌 어차피 아크메이지 급의 지식과 마법 활용법을 알고 있으니 문제가 안 되지."

조금씩 원래의 힘을 찾아가는 레이지가 그녀의 눈에 대견스럽게 보이면서 동시에 안쓰럽게 비춰졌다. 엘레노어와의 대결에 절대 밀리지 않고 막상막하로 싸웠던 모습이 돌아오려면 아직 한참 멀었다.

"너에 비하면 그 애송이는 실제 실력에 비해 서클이 쓸데없이 높아. 평화로울 때 탄생한 서클 5는 별 볼일 없더군."

"그래도 그 나이를 감안하면 천재 아닌가?"

"천재… 라고 보기엔 부족한 부분이 너무 많아. 제대로 된 마법사로 만들려면 가르치는 인간이 꽤나 고생해야 할걸?"

엘레노어는 문 쪽을 잠시 응시하더니 의미를 알 수 없는 미소를 지었다.

레이지는 마리에타를 굳이 깎아내리는 엘레노어의 의도가 도통 이해되지 않았다. 진짜 마리에타를 인정하지 않는다면, 굳이 언급조차 하지 않았을 테니까.

"엘리, 부탁이 있어."

레이지는 사실 이곳으로 오기까지 많은 생각을 했다.

자신의 정체가 밝혀진다면 가장 큰 혼란에 빠질 것은 마리에타라는 걸 예측했다. 예전의 제이워드였다면 마리에타가 어떻게 되든 자신의 할 일만 했겠지만, 레이지가 된 이후 원했든 원치 않았든 간에 그녀에게 많은 도움을 받은 것은 부정할 수 없었다. 남에게 뭔가 받기만 하고 자신의 목적만을 향해 가긴 싫었다.

"마리에타를 대신 가르쳐 줘."

엘레노어는 레이지를 매서운 눈으로 노려보았다.

레이지가 제이워드라는 사실을 알게 된 이후 처음 보이는 노골적인 실망이었다.

"너 참 뻔뻔하다. 널 좋아하는 여자를, 널 좋아하는 '나'에게 맡기는 거야?"

"지금의 나로선 마리에타를 더 이상 가르칠 수 없어. 그리고 앞으로 내가 갈 곳은 훨씬 더 험난하고 위험해. 지금까지처럼 대충 가르치면서 데리고 다닐 형편이 못 돼."

"마치 그 애송이가 결국엔 널 따라올 거라는 확신을 깔고 있네."

"그건 아니야. 단지 이대로 놔둔다면 나에게도 그녀에게도 좋지 않은 결과가 이어질 거 같은 예감이 들어서야."

처음부터 마음에 없었다는 변명은 더 이상 하지 않기로 결심했다. 몇 번이나 자신은 예전의 레이지가 아니라고 말했지만, 그것만으로 상대가 용납할 리 없다.

"그런데 왜 그렇게까지 그 애송이에게 신경을 쓰는 거야?"

"널 처음 만났을 때의 내가 떠올라서 그래."

마음속 추억으로 희미하게 남아 있던 스승의 그림자가 엘레노어를 보는 순간 흑백의 명암만이 아닌 선명한 색깔을 지니고 되살아났다.

"난 너에게서 과거의 잊을 수 없는 소중한 추억을 떠올렸지. 결과적으로 그게 널 상처 입히는 일이 되어버렸지."

"그래……."

"마리에타도 과거에 자신을 좋아했던 한 소년을, 지금의 내 모습에서 떠올리려고 하는 걸 거야. 물론 나와 여러 모로 방식이나 과정이 다르긴 하지만 상처를 입는 쪽이 내가 아니라 상대방이라는 점에는 변함이 없어."

"그래서 내가 널 떠났을 때 느꼈던 죄책감을 애송이가 느끼지 못하게 다른 쪽으로 시선을 돌리겠다, 이 말이야?"

"그래."

화기애애했던 분위기는 온데간데없었다.

엘레노어의 눈이 예전 헤어지기 전에 보여주었던 원망으로 차올랐다.

"이제 와서 말하지만, 넌 진짜 최악이었어. 시간이 지나갈수록 차가움밖에 남지 않은 너의 곁에 난 머물 이유가 없었지. 데릭이나 프레드릭과 달리 난 우정 같은 단어만으로 만족할 수 없었어."

그러나 그것도 잠시, 눈 녹듯 사라진 원망 뒤에 엘레노어의 눈동자에 비치는 건 제이워드에 대한 열망뿐이었다.

"하지만 이젠 용서할래. 나에게 입힌 게 상처라는 걸 네가 직접 말할 정도로 변할지는 몰랐거든."

"영혼 전이 마법의 부작용 때문일 거야."

"서클 0의 마법이 대단하긴 하네? 얼음장 같았던 네 성격을 이렇게 녹일 줄이야……."

엘레노어는 말을 하면서도 계속 문 쪽을 바라보았다.

"아, 제이워드. 나 깜박한 게 있었는데……."

"뭐가?"

"소리 제거 마법을 거는 걸 깜박했어."

"!"

레이지는 뒤로 달려가 문을 활짝 열었다.

복도 끝 모퉁이 왼쪽으로 기다란 로브의 끝자락이 살짝 모습을 나타냈다가 금세 사라졌다.

'엘레노어 녀석, 마리에타가 엿들으러 온 걸 알고 일부러 마법을 안 걸었군. 당했어.'

레이지가 얼굴을 감싸쥐며 방 안으로 들어오자 엘레노어는 손톱을 매만지며 딴청을 피웠다.

"너 진짜 옛날에 비해 많이 달라졌구나. 마법이 풀린 걸 계속 모르고 있다니."

"……."

"그때에 비해서 달라지지 않은 것 하나는 확실하네. 넌 여자를 몰라도 너무 몰라."

"잘 알고 있어."

바로 그때, 문이 다시 열리면서 오를레앙과 두 여성이 모습을 드러냈다.

"레이지님, 여기 계셨습니까?"

"아, 전하. 그게 말입니다……."

"자, 빨리 출발하도록 하죠! 레이지님은 서클을 원래대로 되돌리는 게 목적이시겠지만, 전 미지의 세계를 본다는 것 자체만으로 매우 두근거린답니다. 꿈과 설레임이 함께하는 던전 탐사를!"

오를레앙은 어디서 찾아냈는지 황금색으로 빛나는 플레이트 아머를 걸치고 의기양양한 자세를 취했다. 평소 입고 다니는 예복 자체에 금색 자수가 많이 들어간 터라 어색하진 않았다. 하지만 전신을 금색으로 감싼 이미지는 확실히 충격적이었다.

"그게, 엘레노어가 이미 그걸 가져다 줘서……."

"네? 거대한 오우거의 공격을 정면으로 막아내며, 오크 메이지의 화염구를 피하면서 만끽하는 스릴감은!"

"그것이, 굳이 이걸 얻은 이상 갈 필요가……."

"발밑에서 쑤욱 올라오는 창들을 요리조리 피하며, 제가 실수로 건드린 스위치 때문에 등 뒤에서 쫓아오는 거대 철구로부터 도망가는 박진감은!"

"저, 혹시 일부러 함정을 작동시킬 생각은 아니셨겠죠? 던전은 어디까지나 생과 사가 한순간에 결정되는 곳이라 그런 행동은……."

"이럴 수가… 안 돼……."

잔뜩 흥이 올랐던 오를레앙의 얼굴에 실망한 기색이 역력했다. 풀이 죽은 그의 어깨가 아래로 축 쳐졌다.

"레이지님, 서클이… 올라가셨군요."

"역시 매직 유저답게 마리안느님은 금세 알아채시는군요."

단지 하룻밤 사이에 서클이 한 단계 껑충 뛰었음에도 마리안느의 표정은 놀라기보단 착잡함에 가까웠다. 하도 신기한 일을 많이 겪다 보니 '고작' 서클 하나 올라간 정도에 놀라지 않게 되었다.

"전하께서 꽤 실망하신 것 같습니다."

"이제까지 태어나서 단 한 번도 던전 탐사를 해보신 적이 없거든요. 밤새도록 잠까지 설치신 모양입니다."

"그렇다면……."

레이지는 마나를 회복한 덕분에 베이그란트의 서가 지닌 효과까지 합한다면 평상시에도 서클 5를 유지할 수 있게 되었다. 이전에는 타인의 마나를 죄다 흡수했어도 서클 5가 한계였다.

대마법사로 불리던 제이워드 시절의 감각을 되찾고 싶은 생각에 레이지는 오를레앙의 어깨를 짚었다.

"전하, 던전 탐사보다 더 재미난 걸 보여 드리겠습니다."

"저, 정말입니까?"

"물론입니다. 엘레노어, 오래간만에 상대 좀 해주지 않겠어?"

4

레이지의 제안은 간단했다.

그동안 서클이 낮아 써보지 못했던 서클 6의 마법을 사용한 엘레노어와의 대련이었다.

그녀는 이야기를 듣자마자 코웃음을 치더니 공간 이동 마법을 시전했다. 순식간에 방 안에 있던 인원이 암흑의 숲 동쪽으로 이동했다.

"고, 공간 이동 마법을 특정 마법진 없이 그냥 시전하다니⋯⋯. 그것도 한 명이 아닌 다섯 명을 동시에! 게다가 이렇게 빠른 캐스팅으로⋯ 아아⋯⋯."

마리안느는 엘레노어를 바라보며 감격했다.

"그것만으로 감탄하기엔 일러. 앞으로 일어날 일은 더 대단하다고."

엘레노어는 주변을 두리번거리더니 쉐스를 발견하고는 손을 흔들었다.

"오래간만에 해보는 거라 혹시 잘 안 되었나 싶었다."

"스승님의 마법은 대륙 최강입니다."

"낯간지러운 아부는 관둬라. 그나저나, 저 애송이도 잘 데려왔군."

엘레노어는 다른 층에 있던 마리에타와 쉐스까지 한꺼번에 공간 이동시켰다. 단, 떨어진 곳에 있어서 아주 약간 늦게 마법이 발동했다.

"……."

마리에타는 말없이 엘레노어를 응시했다.

베개에 얼굴을 묻고 침대 위에 누워 있던 자신을 보지 않고도 공간 이동시키는 마법 실력에 놀라면서도, 아크메이지라면 당연한 일이라고 동시에 납득했다.

엘레노어는 마리에타의 시선을 무시하더니 쉐스의 어깨에 손을 올렸다.

"레이지, 나 말고 쉐스는 어때? 너에 대해서 아주 이를 득득 갈고 있던데? 언젠가는 너에게 입은 수모를 그대로 돌려주겠다면서."

"스, 스승님!"

"이제와서 부끄러워하지 마라. 그리고 한 번 진 상대에게 경쟁심을 가지는 건 당연한 거다."

레이지는 무표정한 얼굴로 고개를 가로저었다.

"저 녀석은 아니야. 아무래도 등골이 오싹해질 정도의 실력자와 겨뤄야 예전의 감각이 되살아날 거 같아서 말이지."

"그건 절 무시한다는 이야기입니까?"

"최소한 네 스승보다 훨씬 약하지."

쉐스는 레이지와 비아낭에 부들부들 떨기만 할 뿐, 뭐라 항변할 수 없었다. 순수하게 보유한 능력만으로 따지면 쉐스가 우세하지만, 대마법사로서 지녔던 마법적 지식과 경험 등등을 따진다면 명백한 패배였기에.

"그런데 너, 베이그란트의 서까지 합해도 서클 5밖에 안 되잖아?"

"네 마나 좀 빌려쓸게. 서클 6에 도달할 정도로만."

엘레노어의 앞에 선 레이지는 오른손을 뻗어 그녀의 왼쪽 가슴 위에 갖다댔다. 인간의 몸에서 가장 마나가 밀집되는 위치인 심장 위에 가져가야 가장 효과가 크지만, 여자를 상대로 그럴 순 없었다.

마나 드레인이 시전되자 엘레노어의 마나가 빠른 속도로 레이지의 몸 안으로 이동해 축적되었다. 그렇게 5분 정도 마나를 빨아들인 레이지는 주먹을 움켜쥐었다가 폈다를 반복했다. 워낙 많은 양의 마나가 들어와 손이 저릿저릿했다.

"세상에… 저렇게 마나를 많이 흡수당하고도 서클이 전혀 내려가지 않다니. 믿기지 않아요."

"그대는 왠지 이곳에 온 이후로 계속 놀라는 역할만 하는 것 같군."

"어쩔 수 없습니다. 저 두 분을 보고 있노라면 지금까지 제가 지녔던 매직 유저로서의 자부심이 얼마나 하찮았는지 알게 되니까요."

순수하게 감탄하고 있는 마리안느와 달리 마리에타의 마음은 답답하기만 했다. 자신이 알고 있는 레이지가 계속 멀어지는 기분만 들었다.

"그런데 여긴 너무 비좁지?"

"나도 그렇게 생각해."

엘레노어는 손짓으로 레이지와 자신을 제외한 다른 자들을 멀리 물러나도록 지시했다.

"더."

200미터 이상 거리를 벌렸음에도 엘레노어는 계속 손을 까닥거리며 물러서게 했다. 결국 300미터 정도 멀어지자 손을 거두었다.

"쉐스, 애들 다치지 않도록 잘 보호해라."

"알겠습니다."

쉐스는 허리에 차고 있던 마법서를 집어 들고서 반대 방향으로 뒤집었다. 그러자 성서(聖書)로 바뀐 책에서 신성력이 뿜어져 나왔다.

"베르시아님이시여, 그대를 부정하는 거짓된 힘을 막아주소서!"

쉐스를 중심으로 거대한 구체가 형성되었다. 그는 손짓으로 나머지 인원들을 최대한 자신으로부터 가까이 오도록 지시했다. 레이지와 엘레노어의 마법을 밀어내기 위해서 고작 반경 2미터밖에 안 되는 크기로 줄이고 신성력의 밀도를 높였다.

"페 바스 데르 벤(바람에 휩싸인 위대한 존재여)……."

엘레노어는 입으로 룬 문자를 읊으며 마법을 시전했다. 특이하게도 두 개의 마법진이 순서대로 내려와 지면에 겹치는 게 아니라, 엘레노어의 허리 부분에 머무르면서 대각선 방향으로 교차되어 회전하고 있었다.

"…페 바스(바람이여, 휘몰아쳐라)!"

엘레노어가 양손을 머리 위로 들어 올리자, 그녀를 중심으로 강렬한 바람이 휘몰아치기 시작했다. 그리고 거대한 날개를 활짝 편 윈드 와이번이 고개를 천천히 위로 치켜들었다.

"어? 윈드 와이번의 날개 수가 달라요!"

기존 두 개의 날개가 아닌, 두 배로 불어난 네 개였다.

이는 소모되는 마나량을 조금 더 늘리면서 효율은 훨씬 더 크게 나오도록 엘레노어가 마법을 재구성했기 때문이다.

윈드 와이번이 날개를 뒤로 젖히고서 서로 교차하듯 휘저었다. 날개가 움직일 때마다 날카로운 바람이 발사되었다. 거대하고 투명한 칼날이 스치고 지나간 것처럼, 주변의 나무들이 모두 잘려나가 밑둥만 남아버렸다. 바람에 휘말린 나무들이 소용돌이 속에 들어가 빙빙 맴돌았다. 날개 수가 두 배인 만큼 위력 역시 두 배였다.

윈드 와이번의 크게 벌려진 입에서 바람으로 이루어진 브레스가 뿜어져 나왔다. 땅바닥 깊숙히 파고드는 날카로운 바람에 모래와 흙이 뒤섞여 먼지를 이루었고, 그 먼지가 엘레노어의 앞에서 레이지를 지나 먼곳까지 쭉 이어졌다.

"어… 아직 마법이 끝나지 않았어요!"

마리안느는 엘레노어의 머리 위 높은 곳에 아직도 떠 있는 윈드 와이번을 바라보며 소리쳤다. 그녀가 알고 있는 마법, 윈드 와이번이라면 여기에서 끝나야 한다.

엘레노어는 레이지를 향해 싱긋 미소를 짓더니 머리 위로 올린 두 팔을 앞으로 내밀었다. 그러자 거대한 윈드 와이번이 두 날개를 수평으로 펼치더니 레이지를 향해 빠른 속도로 돌진했다. 워낙 빨라서 윈드 와이번이 지나간 후에야 바람이 주변이 휩쓸었다.

"엘레노어……. 화풀이치고는 너무 과한데?"

"흥, 그 정도도 버티지 못하면 제이워드라는 이름 따위 버려."

레이지는 트리플 캐스팅으로 순식간에 마나의 장벽을 세 개 형성해 마지막 공격을 겨우 막아냈다. 한숨을 돌리고 뒤를 돌아본 레이지의 눈에 들어온 것은 직선 모양으로 뻥 뚫린 길이었다.

"윈드 와이번이 이렇게니… 강력한 마법이었나?"

마리에타는 자신이 사용했던 윈드 와이번과 비교하며 자괴감을 느꼈다. 시전자의 취향에 따라 마법의 효과가 달라지는 경우 자체는 흔했지만, 고위 마법을 이렇게까지 바꾸고 위력을 올린 경우는 처음 봤다.

"어이, 모두들 잘 봐둬. 뼈가 되고 살이 될 거다."

엘레노어는 목소리에 마나를 담아 멀리 떨어진 오를레앙 일행에게 들리도록 말했다. 마리안느는 연달아 고개를 끄덕거렸고, 마리에타는 입술을 굳게 다물고 침묵을 지켰다.

"특히 마법 익히고 있는 너희들에겐 더욱 더."

"단 하나의 동작도 빠뜨리지 않고 이 두 눈에 담아두겠습니다."

"저, 전 두 분의 마법을 보는 것만으로도 감격스럽습니다!"

쉐스와 마리안느의 대답에 엘레노어는 흡족해하며 다음 주문을 준비했다. 그녀의 손이 수인을 그리며 룬 문자를 그렸고, 레이지는 이미 트리플 캐스팅을 마친 후였다.

"녹슬지 않았다는 걸 보여줘, 제이워드."

"너야말로, 엘리!"

5

콰르릉!

고막을 찢을 듯한 굉음이 울려 퍼지면서 빛이 작렬했다.

서클 6의 마법 뇌격(雷擊)이 엘레노어의 머리 위에 마구 쏟아졌다. 초 단위로 떨어지는 번개를 그녀는 마나의 장벽을 쓰지 않고 블링크로 일일이 피했다.

콰르릉! 콰르르릉!

천둥 소리는 계속 이어졌지만 엘레노어의 로브 끝자락에도 번개는 닿지 못했다. 그녀가 지나가는 땅바닥 위로 검게 그을린 자국이 지그재그로 이어졌다.

총 마흔 번이 넘는 천둥을 죄다 피한 엘레노어는 반격을 위한 주문을 읊기 시작했다.

"뭐야?"

블링크를 연속으로 사용해 100미터라는 거리를 단숨에 줄인 레이지가 그녀의 등 뒤에서 나타났다.

"오러, 안 쓰기로 했잖아?"

"아차!"

레이지는 검을 뽑아 들려는 순간, 그녀와 약속했던 걸 기억해 내고 도로 집어 넣었다. 대신 마나 변형 마법을 시전했다.

"늦어!"

하지만 엘레노어는 뒤돌아보지도 않고 오른손만을 뒤로 내밀어 레이지의 마법을 튕겨냈다. 아니, 반사시켜 레이지의 미니를 뒤틀리게 만들었다.

레이지는 왼손으로 오른쪽 팔꿈치 위를 움켜쥐고서 재빠르게 뒤로 물러섰다. 왼손이 마나로 빛나면서 해체 주문(Dispel)을 시전하자 마나의 뒤틀림이 순식간에 사라졌다.

그 사이 엘레노어는 두 손을 땅에 대고 주문을 완성했다. 지면이 흔들리기 시작하더니 레이지의 발 밑에서 끝이 뾰족하게 튀어나온 암석이 쑥쑥 솟아나왔다. 레이지는 마나의 장벽 대신 양손에 화염을 형성한 뒤 서로 움켜쥐었다.

콰쾅!

엄청난 폭발음과 함께 암석 파편이 흩어졌다. 연속해서 솟아오르는 암석을 레이지는 연달아 파괴시키며 엘레노어에게 돌진했다.

"훗."

엘레노어가 코웃음을 치자, 레이지의 두 발이 지면 위로 떠올랐다.

휘이이잉!

그녀의 특기인 바람 계열 마법 중 서클 6인 사이클론이 레이지의 몸을 휘감더니 하늘 높이 띄웠다. 지름이 10미터가 넘는 소용돌이가 수백 미터가 넘는 높이까지 이어졌다. 잘려 나간 나무들과 박살 난 바위 덩이가 레이지와 함께 뒤섞여 빠른 속도로 회전했다.

'정신차리지 않으면 이걸로 끝나겠어!'

몸이 빙글빙글 돌아 균형 감각이 사라진 상태에서도 레이지는 주문을 외었다.

"…라 바스(불타 올라라)!"

화르륵!

수평으로 펼친 양손에서 화염이 뿜어져 나오며 회오리를 순식간에 제거했다. 중력 때문에 지면을 향해 떨어지자 부유 마법을 급히 걸어 무사히 착지할 수 있었다.

"그렇게 녹슬지는 않았네?"

"너한테 그런 말을 들으니 너무나 억울하군, 엘리."

두 남녀는 순수하게 마법만으로 승부하는 중이었다. 레이지는 오러를 사용하지 않았고, 엘레노어는 서클 6 이하의 마법만 사용했다.

'역시 그걸 사용해야겠어. 이제까지 화염 마법이었지만, 바람으로 바꾸어볼까?'

레이지는 검을 꺼내 오른손에 쥐었다. 그리고 오러를 발동시켰다.

"제이워드, 오러는 안 쓰기로 했잖아?"

"한번 보고 있어봐. 순수한 오러가 아니거든."

레이지의 왼손에 바람이 휘몰아치면서 소용돌이가 발생했다. 양손으로 검을 움켜쥐자 오러가 마치 투명한 물처럼 변해서 검날을 휘감고 회전했나.

휘이이잉.

강렬한 바람이 불 때 들리는 소리가 레이지의 귓가로 파고들었다.

'화염 마법을 섞었을 때와 느낌이 달라! 마치 오러가 바람에 실린 듯한 느낌이야!'

"호오?"

엘레노어는 레이지의 검에 머문 오러가 독특한 성질을 지닌다는 걸 파악하고 뒤로 물러섰다. 그리고 마나의 장벽을 정면에 구현하고 바람을 일으키더니 자신을 중심으로 빠르게 회전하도록 방향을 조정했다.

레이지는 높이 도약하며 검을 위에서 아래로 내려찍었다. 마나의 장벽을 부수는 것까진 성공했지만 엘레노어 주변에 맴돌고 있는 바람에 밀려 위로 튕겨 올랐다.

"하아앗!"

레이지는 허공에 뜬 상태에서 검을 크게 휘둘렀다. 그러자 검을 휘감고 있던 오러가 마치 채찍처럼 곡선 형태로 휘어지면서 엘레노어를 공격했다.

오러가 바람에 밀리는 순간 절단되면서 다시 안으로 파고
들었고, 다시 잘렸음에도 전진하는 식으로 엘레노어의 목을
향해 돌진했다.

"크윽!"

엘레노어는 목을 감싸쥐면서 뒤로 밀려났다. 그녀의 몸에
서 뿜어져 나오는 마나가 오러를 결국 튕겨냈지만 충격 자체
를 모두 막을 수 없었다.

"대단한데?"

그녀는 목을 쓰다듬으며 감탄했다.

레이지는 오러를 거두고 검끝을 아래로 내렸다. 서클이 올
라간 덕분인지 쉐스에게 썼을 때와 달리 마나가 급격히 소모
되지 않았다.

"엘레노어, 날 봐주는 건 아니겠지?"

"봐주는 것까진 아니지만 나름 즐기곤 있어. 몸 풀만 한 상
대를 그동안 못 만났거든. 그나저나 방금 쓴 그게 워락의 기
술이야? 얕봤다간 큰코다칠 뻔했네."

"여유롭게 막은 주제에 할 말은 아니잖아."

서로 대화를 나누면서도 두 사람의 손은 빠르게 룬 문자를
허공에 그리며 마법을 시전하고 있었다.

다시 두 사람이 구현한 마법이 격돌하면서 폭발음과 바람

이 휘몰아쳤다. 멀리서 그들을 구경하던 오를레앙은 화려한 마법이 연달아 구현되는 걸 보고 감탄을 금치 못했다.

"마리안느, 그대도 서클 6이 되면 저렇게 화려하고 아름다운 전투를 보여줄 수 있겠나?"

"저, 저건 단순히 서클만 올라간 깃민으로는 불가능한 일입니다. 서클 6에 걸맞는 마법 실력과 무수한 경험이 뒷받침되지 않는다면 안 됩니다."

대륙 전쟁이 끝난 지금, 서클 6의 마법사가 거의 실전에 가까운 대련을 펼치는 경우는 드물다. 마리안느에게 있어서 둘의 대결은 보는 것만으로도 훌륭한 교과서나 다름없었다.

"이런 식이라면 결론이 안 나겠는데?"

대결을 시작한 지 어느덧 30분이 흘러갔다. 엘레노어에게 흡수했던 마나도 슬슬 바닥을 드러낼 시점이 되었다.

"제이워드, 관객들에게 볼거리 좀 제공해 볼까?"

"이미 충분하지 않나?"

"아직 우리들은 진면모를 보여주지 않았어."

엘레노어는 시전하던 마법을 중단하더니 레이지 쪽으로 걸어갔다.

"내가 직접 마나를 건네줄 테니 가만히 있어봐."

그녀는 레이지의 가슴 위에 두 손을 얹었다. 그러자 마나드레인을 할 때보다 훨씬 많은 양의 마나가 레이지의 몸 안으로 흘러들어 갔다.

1분이 지나자 엘레노어는 두 손을 떼고 원래 자리로 돌아갔다.

"그것을 써봐."

지금의 레이지는 몸 안 깊숙이 파고드는 엄청난 양의 마나에 놀란 상태였다. 이 상황에서 나온 '그것'이라는 말에 레이지의 표정이 심각하게 바뀌었다.

"어이… 진심이야?"

"넌 막상 내가 아크메이지가 된 이후의 실력을 본 적이 없잖아? 잡다한 마법 말고 순수하게 각자의 그걸로만 겨루어보자고."

그것을 쓰기 위한 주문은 완벽하게 기억하고 있다.

하지만 갑자기 그렇게 높은 서클의 주문을 쓰기가 망설여졌다. 아직 예전의 감각을 완전히 찾지 못한 지금, 조금이라도 제어에 실패한다면 엘레노어가 죽을 수 있다는 불안감에 사로잡혔다.

"딱 한 번뿐이지만 그걸 쓸 수 있도록 서클을 올려놨어. 괜히 실패하지 말라고. 그리고 지속 시간은 5분이 최대이니 그 전까지 룬 문자로 확실히 완성시키라고."

"엘리, 그래도 그걸 쓴다면 네가……."

"날 얕보지 마. 난 너와 함께 이 대륙에서 단둘뿐인 아크메이지야."

엘레노어는 어깨 뒤로 머리카락을 넘기면서 오른손 검지로 그녀 자신과 레이지를 번갈아가며 가리켰다.

"그 전에 잠시."

마리에타는 두 손을 쉐스기 있는 방향으로 내밀었나.

그러자 침묵 지대를 뒤덮는 거대한 마나의 결계가 형성되었다. 마나의 장벽 수십여 개를 이어붙여 형성된 거대한 구체였다.

"절대로 그 마나의 결계 밖으로 나가지 마. 괜히 나갔다가 죽어도 책임 못 진다."

이미 모든 준비는 끝났다.

남은 건 레이지의 망설임이 사라지는 것뿐이다.

"죽어도 난 몰라."

"그 말 그대로 돌려주겠어. 참, 너 먼저 시전해. 난 듀얼 캐스팅(Dual Casting)이 있잖아?"

레이지는 두 눈을 천천히 감았다.

평소 마리에타에게 어떤 일이 있어도 주문 시전 시 눈을 감지 말라고 지적했지만, 지금의 그는 그런 걸 따질 상황이 아니었다. 엄청난 양의 마나를 지금의 육체로 조절하기 위해선 조금이라도 집중력을 높여야 했다.

"나, 지금 그대의 무한한 힘을 빌리고자 하오니……."

주문을 읊는 것만으로도 전신에서 땀이 흘러내렸다. 위로 떠오른 머리카락이 마나의 흐름에 따라 흔들리고 있었다. 기존에 보여주었던 것의 몇 배나 되는, 지름이 10미터가 넘는 마법진이 그의 머리 위에 떠올라 아주 천천히 아래로 가라앉고 있었다.

레이지가 주문을 읊기 시작한 지 1분이 지났지만, 그의 입술은 쉬지 않고 계속 움직였다.

"그러면 나도 시작해 볼까?"

엘레노어는 두 팔의 힘을 빼고 아래로 내린 뒤 오른손과 왼손을 차례대로 까닥거렸다. 머리 위에 떠오른 거대한 마법진 두 개가 천천히 내려오더니 허리 위치에서 멈추었다.

특이하게도 마법진 두 개가 서로 평행을 이루며 떠 있는 게 아니라, 대각선 방향으로 서로 교차되어 천천히 회전하고 있었다. 하나의 마법을 구현하는 주문을 반으로 나눈 뒤 각각 입과 손으로 주문을 외어 시전 시간을 절반으로 단축시키는 비법, 듀얼 캐스팅이 시전 중이라는 신호였다.

"설마, 저건……."

마리에타는 자신도 모르게 주저앉고서 멍하니 엘레노어를 바라보았다.

아크메이지씩이나 되는 마법사가 오랜 시간 주문을 읊어야 구현할 수 있는 마법이라면 단 하나뿐이다.

전용 마법.

마법사들이 지니는 고유 속성에 따라 결정되는 서클 7의 마법이다.

"···모든 것을 불태워 정화시키는 불사조, 피닉스여!"

따!

레이지의 오른손 엄지와 검지가 튕기면서 만들어낸 소리가 멀리 울려 퍼졌다. 불길에 휩싸여 화려하게 타오르는 날개를 펼친, 거대한 새 피닉스가 엘레노어를 향해 날아갔다.

"···모든 것을 가르는 바람의 이름, 그것은 실피드!"

그와 동시에 엘레노어의 마법도 완성되었다.

하늘 위에 떠 있는 구름 사이를 헤치고 모습을 드러낸 고대의 정령, 실피드가 거센 바람과 폭풍우를 불러일으켰다.

6

"제, 젠장."

온몸의 마나가 거의 소진된 레이지의 입에서 힘겨운 목소리가 흘러나왔다.

불의 속성을 지닌 전용 마법 '피닉스'와 바람의 속성을 지닌 '실피드'의 대결은 서로 밀리지 않고 팽팽히 맞서는 구도로 이어졌다. 몸에 닿는 모든 것을 일순간에 잿더미로 만들어

버리는 피닉스의 웅장한 모습과 인간 여성의 얼굴을 지닌 실피드의 입에서 뿜겨져 나오는 수십여 개의 사이클론을 보고 쉐스는 물론 다른 이들마저 놀라 입을 다물지 못했다.

하지만 일시적으로 서클을 7로 올린 레이지의 피닉스가 먼저 소멸되었다. 그에 맞춰 엘레노어는 '일부러' 실피드를 중지시켰다.

울창한 수풀로 어두컴컴했던 암흑의 숲이 이 두 사람의 마법으로 1/6 가량 소실되어 버렸다.

"어때? 전직 아크메이지 '씨'."

"말할 기운도… 없……."

레이지는 간신히 두 다리로 서 있었다. 누군가 툭 건드리기만 하면 쓰러질 것 같았다.

"고생 많았어, 제이워드."

엘레노어는 레이지의 가슴에 얼굴을 파묻고 두 팔로 꼭 껴안았다. 레이지의 두 눈이 천천히 감기면서 다리에 힘이 풀렸다.

엘레노어는 자신의 어깨 너머로 고개를 내린 레이지의 등을 살며시 두들겨 주었다.

"스승님의 마법이 이렇게 대단할 줄이야……."

"이, 이것이 대마법사들의 전투……."

"이렇게 대단한 분들과 아버님이 같이 싸우셨단 말이야?

믿기지 않아."

"정말 대단하군요. 그 말밖에 나오지 않습니다."

두 마법사가 펼친 웅장한 마법에 그들의 감탄은 끊이지 않고 이어졌다.

단 한 사람, 마리에티만은 슬픈 눈동자로 레이지를 응시했다.

"정말로… 저 사람은 제이워드가 맞군요."

어릴 적부터 봐왔던 어린 소년은 더 이상 존재하지 않는다.

남들을 항상 적대하던 눈빛이었지만, 마리에타를 바라볼 때만은 전혀 다른 눈빛으로 바라보던 레이지는 더 이상 없다.

"제가 알던 레이지는 영원히… 사라졌군요."

Chapter 34
또다른 친구를 향하여

1

크루디아 제국의 수도였던 켈티스 성.

지하 5층에 설치된 비밀 연구실에선 두 남녀가 이야기를 주고받고 있었다.

"요즘 발렌시아 왕국이 귀찮게 굴기 시작했다던데… 사실인가?"

세상에 알려지지 않은 아크메이지 바르가스 M. 젤킨스는 시험관 안에 담긴 녹색 시약을 천천히 아래로 기울였다. 플라스크 안에 두 액체가 뒤섞이면서 부글부글 끓기 시작했다.

"네, 그래서 우선 발렌시아 왕국 내 인원들은 임시로 철수시켰습니다."

케이서스 공화국의 그랜드 마스터 나르디안 A. 모르올은 플라스크에서 흘러나오는 냄새에 입을 가리더니 한 걸음 뒤로 물러섰다.

"낄낄낄, 처음부터 너무 밀지고 들어가는 거 아닌가?"

"대신 그만한 대응책을 미리 마련해 두었습니다."

처음부터 발렌시아 왕국의 경우 큰 기대를 걸지 않았다.

대륙 전쟁 당시 가장 강경하게 제국과 맞서 싸웠던 왕 줄리앙이 여전히 건재했고, 제국에 가장 큰 피해를 입은 지역인 만큼 크루디아라는 이름만 꺼내도 이를 가는 이들이 대다수였다.

그러나 이런 식으로 쉽게 꼬리를 감추기만 할 작정은 아니었다. 어떤 식으로든 자신들과 뜻을 같이 하지 않은 대가를 치르게 해야 한다.

"발렌시아 왕국의 제1왕위 계승 순위인 오를레앙 왕태자가 각 나라를 순방할 예정이라고 들었습니다."

"호오, 서로 손을 잡아 초장부터 뿌리를 뽑겠다는 이야기로군?"

"하지만 왕위 계승이 가장 유력시되는 그가 살해되거나 실종된다면 이야기는 달라질 겁니다."

"그 왕자는 아직 20대임에도 벌써 소드 마스터의 경지에 도달했다고 들었다만⋯⋯. 지난번처럼 자네가 직접 나설 건 가?"

"아닙니다. 전 어디까지나 체스판 위의 '퀸'입니다. 너무 움직이면 고작 폰에게 잡힐 수도 있는 법이죠. 게다가 그자를 보냈습니다."

"그자라니?"

"제가 가장 믿을 수 있는 남자입니다."

그녀의 모국인 케이서스 공화국은 인접한 졸다크 왕국과 계속 국경선 문제로 분쟁 중이다. 베른이 케이서스에 머무르면서 힘의 균형을 맞춰주고 있지만, 너무 이곳저곳 돌아다니는 모습을 들키면 의심을 사게 마련이다.

"누구냐?"

열린 문 사이로 빛이 새어 들어오더니 강직한 인상의 남자가 모습을 드러냈다. 얼굴에 자리 잡은 크고 작은 흉터가 녹녹치 않은 인생을 살았음을 여실히 보여주었다.

"모두 도착하셨습니다."

"알았다."

2

비밀 연구실로부터 2층 아래에 위치한 회의장.

널찍한 직사각형 모양의 탁자에 20여 명의 인간들이 앉아 있었다. 탁자 주위에 놓인 의자는 30여 개를 넘었지만, 군데군데 빈 의자가 눈에 띄었다.

모두 '검은색 편지'를 받고 이 자리에 참석했지만, 모인 이유는 각자 다양했다.

더 강한 자와 대결하기 위해.

소중한 이들을 돌려받기 위해.

전쟁이 끝난 이후 사라진 명성 대신 돌아온 푸대접과 멸시에 보복하기 위해 등등.

모이기 시작한 지 꽤 오랜 시간이 흘렀음에도 서로 말을 주고받은 이들은 단 하나도 없었다. 개중 몇몇은 상대를 알아보는 눈치였지만 침묵을 깨뜨릴 분위기가 도저히 아니었다.

끼이익.

마찰음과 함께 문이 열리면서 한 여성이 모습을 드러냈다.

"호오……."

그녀를 알아본 랭크 6의 오러 유저 퓨리언 A. 데임하인이 의외라는 반응을 보였다.

절대 이 자리에 나타날 리 없는, 아니… 나타나서는 안 되는 인물이었기 때문이다.

"나르디안!"

그녀를 단숨에 알아본 또 한 명의 남자, 마키스 A. 켈드레는 억누르고 있던 오러를 주변으로 방출시켰다.

"크억!"

"으아악!"

쓰러진 경비병들의 눈과 코, 입 그리고 귀에서 피가 줄줄 흘러내리고 있었다. 랭크 7의 오러가 아무런 제약 없이 발산되자 일반인들은 도저히 버틸 수 없었다.

"또 한 명의 그랜드 마스터가 탄생했다는 소문이 사실이었군요. 아주 매력적이에요."

재빨리 몸을 자신의 마나로 감싸 보호한 랭크 6의 위치 벨라 M. 알카스는 혓바닥으로 윗입술을 쓰윽 훑었다. 실제 나이를 숨기기 위해 짙은 화장을 한 그녀의 얼굴은 20대나 다름없었다. 분노에 모든 걸 맡기고 나르디안에 대한 적의를 불태우는 마키스의 얼굴이 너무나 멋지게 보였다.

탁자에 자리를 차지하고 있는 자들 중 반수가 기절해 탁자 위에 얼굴을 처박거나 의자에 등을 기대고 기절해 버렸다.

'고작 이 정도밖에 안 되는 인간들을 가지고 일을 벌여야 한다니, 안타까워.'

나르디안은 과거 함께 제국을 상대로 싸웠던 두 명의 동료가 생각났다.

프레드릭과 베아트리체.

하지만 그녀는 본능적으로 그 두 명이 자신과 뜻을 함께하

지 않을 거라고 느꼈다. 홀로 마탑에 머무르고 있던 제이워드
는 해치우는 쪽을 택했지만 각각 국가와 교단의 보호를 받은
둘은 그런 식의 처리가 불가능했다.

"내 검 따위는 눈에도 들어오지 않는가!"

마키스의 외침에도 불구하고 나르디안의 태도에는 여유가
넘쳤다. 그녀는 자신의 목을 겨누고 있는 검끝을 왼손 검지로
살짝 밀어냈다.

"지금 절 죽인다면 영원히 딸을 만나지 못할 거예요."

"……."

"무엇보다 지금의 당신 실력으로는 저에게 상처 하나 입히
지 못합니다. 당신의 눈보다 제 검이 훨씬 더 빠르니까."

마키스는 자신의 목에 채찍처럼 감겨진 검날의 감촉을 뒤
늦게 깨달았다.

오러의 극에 도달한 그랜드 마스터만이 사용할 수 있는 명
검 중 하나, 체인 소드 '아트락스'가 나르디안의 오른손에 쥐
어져 있었다.

"자, 그 검을 치워주시지 않겠어요?"

마키스는 이를 악물고 검을 내렸다. 그러자 그의 목에 감긴
검신이 뱀처럼 스물스물 움직이며 빠져나왔다. 마키스는 머
리 끝까지 치밀어 오른 분을 참지 못하고 회의장 밖으로 나가
버렸다.

"기다리시느라 지루하셨던 여러분들을 위한 여흥이라고 생각해 주시길 바랍니다."

나르디안은 고개를 숙여 인사를 한 뒤 탁자 주위를 천천히 걷기 시작했다. 그리고 참석한 자들의 얼굴을 하나씩 확인했다.

반드시 올 거라 예상했던 이들은 대부분 참석해 자리를 채워주었다. 제국이 멸망한 이후 머물 곳을 찾지 못한 자들에게 나르디안의 제의는 거절할 수 없는 유혹이었다.

"왕자님들께서, 그것도 각기 다른 나라에서 두 분이나 오실 줄은 몰랐습니다."

졸다크 왕국의 왕자 레스톤은 어깨를 으쓱거리며 존재감을 과시했다. 하지만 정작 나르디안이 지목한 이는 다른 자였다.

"그것도 와이번 라이더(Wyvern Rider)로 유명하신 팰컨 전하께서 오실 줄은 상상도 못했습니다."

대륙 전쟁 당시 시작부터 끝까지 계속 중립을 지킨 유일한 국가, 페르디어스 왕국의 왕자가 나타났다는 사실에 사람들은 웅성거리기 시작했다.

"나보다는 나르디안 당신이 이 자리에 있는 게 더 신기한데?"

하지만 팰컨의 눈엔 나르디안이 더 이질적으로 느껴졌다.

제이워드와 함께 제국을 멸망시키는 데 가장 크게 일조한 그녀가 이런 자리에 얼굴을 내민다는 게 말이 안 되었다.

"도대체 어떤 방법을 사용해서 이 자리에 나타난 것이지? 웬만한 담보 없이는 힘들었을 거라 보는데……."

"그 믿음을 얻기 위해 전 동료의 등을 찔렀습니다."

"동료? 그렇다면 바로 당신 짓이었군. 그의 최후가 예상외로 너무나 허무해서 납득을 못했는데……."

나르디안은 자신을 바라보는 이들의 시선이 일순간 바뀐 걸 느꼈다. 저절로 그녀의 입가에 차가운 미소가 자리 잡았다.

"네, 제이워드는 제 손에 죽었습니다."

3

엘레노어와의 마법 대결 이후 레이지는 침대 위에 누워 있어야 했다. 서클 7의 마법을 쓰느라 일순간 급격한 마나 소모가 일어났고, 아직 순수한 서클이 4인 그에겐 육체적으로나 정신적으로나 부담이 컸다.

워낙 서클이 높은 마법을 쓴 뒤의 후유증이라 쉐스의 신성력도 도움이 되지 못했다. 고열에 시달리는 레이지를 엘레노어는 거의 잠도 자지 않고 정성껏 간호했다. 마리에타는 몇 번이나 레이지를 찾아갔지만 결국 문 밖에서 서성이며 망설이다가 돌아갔다.

다시 레이지가 기력을 차리기까지 일주일이라는 시간이 흘러갔다.

"그동안 신세 많이 졌어."

"그런 말 하지 마. 너와 나 사이잖아?"

마탑 입구까지 레이지를 배웅 나온 엘레노어는 그의 두 손을 꽉 잡고 놓아주지 않았다. 마음 같아서는 그녀 자신과 함께 계속 이곳에 그가 머무르길 바랐다.

"프레드릭을 만나러 가는 거겠지?"

"아무래도 그 녀석 성격이라면 다른 이들에게 휘둘리고 있을 가능성이 커. 날 배신하고 나르디안에게 붙을 가능성 자체는 없지만, 골치 아픈 일에 휘말렸을 것 같아."

"그는 아무래도 융통성이 너무 없어서 탈이라니까."

레이지가 만나기로 한 다음 목표는 프레드릭이었다.

줄리앙, 엘레노어와 함께 가장 믿을 수 있는 동료이자 그랜드 마스터에 도달한 실력은 앞으로 레이지의 행보에 큰 도움이 될 터였다.

"나도 너와 함께하고 싶어."

속세와의 인연을 끊었다고 해도 그건 레이지가 된 제이워드를 만나기 이전의 이야기였다. 그의 도움이 된다면 할 수 있는 모든 것을 해주고 싶었다.

"하지만 아크메이지인 내가 마탑을 나와 움직이기 시작한다면, 자연스레 그들은 나의 행동 하나하나를 주시할 것이 분명해. 그리고 나와 함께 다니는 이들 모두에게 주목하겠지."

아직 레이지는 레이지로 알려져야 한다.

절대 죽어서 사라진 대마법사 제이워드로 알려져서는 안된다.

"쉐스, 제이워드와 함께 떠나도록."

"…알겠습니다."

"네 마음이 어떤지는 나도 잘 안다. 하지만 지금은 감정을 우선 죽이고 내 말에 따라줘. 부탁이야."

예전에 보지 못했던 스승의 간절한 부탁에 쉐스는 당황했다. 결국 고개를 끄덕이며 응하는 수밖에 없었다.

마리에타는 마탑을 떠나는 레이지 쪽이 아닌 엘레노어 뒤편에 서 있었다.

"마리에타, 엘레노어는 저와 달리 가르치는 것에 있어서도 최고의 실력자입니다. 아무쪼록 많은 걸 배우길 바랍니다."

레이지는 마리에타를 이곳에 남기기로 결정했다.

아직 마음이 완전히 정리되지 못한 그녀를 데리고 다니는 건 레이지나 마리에타 둘 다에게 모두 위험하다.

"제가 당신의 정체를 알아서 일부러 떼어놓으려는 건가요?"

"정체를 밝힌 건 접니다."

마리에타의 목소리와 눈빛에는 아직도 미련이 채 사라지지 않고 남아 있었다.

이전에 알고 있던 레이지와 완전히 다른 인물이라는 것은 이미 받아들인 지 오래였다. 하지만 '세이워드'의 영혼이 정착한 이후의 레이지와 함께했던 일들마저 잊어버리기엔 무리였다.

마리에타는 두 눈을 감더니 무언가 결심하고 도로 눈을 떴다.

"제가 아크메이지가 된다면 제 치맛자락을 붙들 거라고 말한 거, 기억하나요?"

마리에타의 말에 엘레노어의 표정이 확 일그러졌다. 레이지의 손을 감싸쥐고 있던 그녀의 손에 저절로 힘이 들어갔다.

"제이워드 너… 똑같은 말을 이 애송이에게도 한 거야?"

"아니, 그게 그냥 말하다 보니까……."

"휴우, 됐어. 이미 지나간 일 지금 탓해봐야 어쩌겠어."

엘레노어는 한숨을 내쉬더니 손톱자국이 남아버린 레이지의 손등을 다시 부드럽게 감싸쥐었다.

오를레앙은 엘레노어에 옆에 서 있는 마리안느를 바라보았다.

"마리안느, 그대는 여기에 남아 마리에타님을 보살펴 드려라."

"전하의 명을 받들겠습니다."

"지금 마리에타님께 필요한 건 마음을 터놓고 이야기 나눌 수 있는 친구지. 네가 그 역할을 해준다면 고맙겠다."

마리안느는 고개를 숙여 작별 인사를 하면서, 내심 오를레앙의 지시에 감사하는 중이었다.

사실 마리안느의 속내는 여기에 어떻게든 남고 싶었다. 대마법사 제이워드와 동급이라 알려진 엘레노어에게 어깨 너머라도 뭔가 배우고 싶었다. 이런 기회는 절대 흔하게 찾아오지 않는다. 그 속내를 읽은 오를레앙은 일부러 마리안느를 이곳에 남도록 명령한 것이다.

"엘레노어님."

"뭔가 부탁하려는 표정이로군. 뭔데?"

"이왕 마리에타님을 가르쳐 주시는 거, 마리안느에게도 그 가르침을 조금 나누어주실 순 없겠습니까? 물론 보상은 절대 섭섭하지 않게 해드리겠습니다."

"네?"

마리안느는 깜짝 놀란 눈으로 오를레앙을 쳐다보았다. 오를레앙은 특유의 느끼함을 담은 윙크로 대답했다.

"하, 하지만 겨우 서클 4인 제가 감히 아크메이지이신 엘레노어님께 어찌 감히……."

"쥴리앙의 아들에게 뭘 받기엔 좀 그렇지. 어차피 그 녀석에게 빚진 게 많으니 신경 쓰지 않아도 돼."

엘레노어는 마리안느의 머리부터 발끝까지 훑어보면서 그녀의 역량을 파악했다.

"흐음, 서클 4인 주제에 경험은 오히려 이 애송이보나 많이 쌓인 느낌이 들어. 역시 왕실에서 버티려면 여러 가지 일이 많았겠지?"

"아닙니다. 전 한참 모자릅니다."

마리안느는 손을 마구 휘저으며 얼굴을 붉혔다.

"그래, 널 이제부터 풋내기로 부르겠다. 내가 가르치는 방식은 녹록하지 않으니 각오 단단히 하는 게 좋을 거야."

"정말로 감사합니다! 엘레노어님!"

마리안느는 허리를 거의 직각에 가깝게 숙이면서 진심으로 고마워했다. 오를레앙의 옆에서 그를 보좌하는 것에 보람을 느끼고 있었지만, 예전 카르도니아 왕국으로의 유학이 좌절된 이후 겪었던 슬픔이 마음 한켠에 남아 있었던 건 사실이다.

그런 그녀에게 엘레노어의 가르침을 받을 수 있다는 건 이제까지의 서글픔 따위 일순간에 날려 버리는 기쁨이었다.

"카트린느, 전하를 부탁드릴게."

"너야말로 마리에타님을 잘 보살펴 드려. 내가 봐도 안쓰러울 정도야."

카트린느는 진심으로 기뻐하는 친구를 흐뭇한 얼굴로 대할 수 있어서 마음속으로 환호를 질렀다. 내심 부러운 기분이 더 컸지만.

"그러면… 안녕, 엘레노어. 아니, 엘리."

"안녕이라는 말은 하지 마. 난 너를 돕기 위해 언젠가 뒤따라 갈 거야."

엘레노어는 아쉬움을 삼키며 레이지의 손을 놓아주었다.

"절대 다시 죽지 않는다고 약속해 줘."

"난 불멸이야. 이루고자 하는 걸 성취하기 전까진 절대 쓰러지지 않는다고."

그 말을 끝으로 레이지는 몸을 돌려 걸음을 옮겼다.

마리에타는 그의 등을 향해 손을 뻗었다가 도로 거두어들였다. 점점 멀어지는 그의 뒷모습에서 느껴지는 무언가를 지금 자신이 감당하기엔 힘들다는 걸 실감하면서.

4

마탑으로 돌아온 엘레노어의 분위기는 확연히 달라졌다.

레이지 앞에서 보여주던 여성스러움보다 상대를 짓누르는 위압감이 그 자리를 대신했다.

"제이워드는 스스로 익히는 것에는 천재지만, 누군가 가르치는 것엔 영 아닌 녀석이지. 제자 보는 눈도 없고. 그를 좋아하긴 해도 그건 그거고 이건 이거지."

그녀는 자신의 방에 두 여성을 데리고 왔다.

잔뜩 긴장한 표정의 마리안느와 입을 굳게 다물고 엘레노어를 정면으로 바라보고 있는 마리에타의 태도는 너무나 대조적이었다.

"하지만 난 달라. 한번 내가 가르치겠다고 마음먹은 이상, 내 제자라는 사실에 자긍심을 느끼도록 해주겠다. 너, 서클 5라고 했지?"

"네."

"그 괴팍한 할아범의 손녀치고 빠른 성장이로군. 지금 나이가 몇 살이야?"

"열여덟 살입니다. 제이워드… 레이지와 동갑입니다."

"흐응, 그래?"

일부러 제이워드가 아닌 레이지라 고쳐 말하는 마리에타의 대답에 엘레노어의 눈썹이 살짝 꿈틀거렸다.

"풋내기."

"네!"

"넌 정석적인 방법으로 나에게 배우면 될 거다. 그러면 조만간 서클 5에 들어설 수 있을 거다."

서클 5라는 말에 마리안느의 표정이 환하게 바뀌었다.

평소 감정을 잘 드러내지 않던 그녀로선 의외의 면모였다.

"문제는 이 애송이인데… 서클만 따지면 젊었을 적 나를 뛰어넘긴 해. 그런 주제에 실전 경험이나 다른 부분은 진짜 애송이야."

계속되는 '애송이' 타령에 마리에타의 심기는 상당히 상한 상태였다.

"단 하나, 나와 똑같이 바람 속성에 특화된 마법사로군. 그건 맘에 들어. 서클만 올라간다면 전용 마법을 직접 가르쳐 줄 수 있겠군."

"그러면 엘레노어님보다 훨씬 더 빨리 아크메이지가 될 수 있겠군요?"

"뭐? 다시 한 번 말해봐."

엘레노어는 인상을 쓰면서 마리에타에게 바짝 다가섰다.

서로의 얼굴이 거의 닿을 정도로 밀착하자 옆에 있던 마리안느는 어찌할 줄 모르고 당황했다.

"아크메이지가 개나 소나 다 되는지 알아?"

"레이지와 달리 가르치는 데 일가견이 있으신 엘레노어님이라면, 개나 소라 하여도 아크메이지로 만들어주실 거라 믿습니다."

"호오, 그렇게 의지가 강하다면 나야말로 환영이지."

엘레노어가 노려보기만 해도 겁에 질려 제이워드에게 접근할 엄두도 못 내던 여자들 중에는 한 나라의 공주도 포함되었다. 황실의 핏줄을 타고났기에 태생적으로 지닌 위엄이 통하지 않는 상대는 오래간만이었다.

'가르치는 것과 별개로 여자로서 상대할 맛도 나겠어. 제이워드가 재미난 애를 주워왔군.'

엘레노어는 마리에타의 등 쪽으로 손을 뻗더니, 길게 자라는 금발을 움켜쥐었다.

"머리카락을 자를 테니 고개 좀 내밀어 봐."

"네?"

"널 위해 필요한 과정이야."

마리에타는 엘레노어를 노려보며 머리카락을 도로 빼냈다.

레이지가 유독 여성의 긴 머리에 집착한다는 사실을 알고 있어서였다.

"그렇게 나온다 이거지?"

엘레노어는 자신의 뒷머리를 하나로 모아 왼쪽 어깨 아래로 내려오도록 이끌었다. 그리고 오른손 끝에 미세한 바람을 불어 일으키더니 머리카락 위에 슥 그었다.

"내가 하는 일을 네가 못 하진 않겠지?"

마리에타와 달리 엘레노어는 망설임없이 수년간 길러온

자신의 머리카락을 어깨 위까지 잘라 버렸다. 1미터를 넘는 머리카락이 뭉텅이로 잘려 나가 방바닥에 떨어졌다.

"반드시 필요한 일인가요?"

"그래."

엘레노어의 대답에 마리에타는 똑같은 방식으로 자신의 머리카락을 잘라냈다. 순식간에 두 여성의 헤어스타일이 단발로 바뀌었다.

엘레노어는 자신의 흑발 위에 마리에타의 금발을 얹었다.

그리고 오른팔을 벽을 향해 뻗었다. 책장이 반으로 갈라지면서 벽 너머에 숨겨져 있던 비밀방이 모습을 드러냈다.

엘레노어가 중지를 까닥거리자 안에 있던 인간 형태의 구체인형이 허공에 떠서 천천히 다가왔다. 그리고 머리카락이 서로 뒤엉켜 있는 바닥 위에 주저앉았다.

엘레노어의 머리 위에 마법진이 연달아 두 개가 떠오르더니 허리 부분에서 서로 대각선 방향으로 교차되어 회전했다. 그녀의 입과 두 손이 빠른 속도로 룬 문자를 읊고 그렸다.

그렇게 10분이 지나자 구체인형이 공중에 붕 떠올랐다. 그리고 금발과 흑발의 머리카락이 인형을 칭칭 휘감았다.

"아얏!"

강렬한 빛에 마리에타는 눈을 감고 고개를 옆으로 돌렸다.

다시 정면을 바라보자, 그녀의 눈은 경악으로 가득찼다.

"이, 이건!"

마치 거울을 앞에 두고 보는 착각이 들었다.

아니, 거울보다 더 선명하게 자신의 현재 모습을 비추고 있었다.

"이건 하루에 일정한 시간 동안 움직이는 마력인형(魔力人形)이다. 고대의 마법사들이 창출해 낸 마법의 절정체 중 하나지. 단 워낙 엄청난 양의 마나가 소모되기 때문에 당시에도 아크메이지 말고는 사용하지 못했다."

현재 엘레노어의 서클은 한 단계 내려간 6에 머물렀다. 한 달 정도 지나면 원래의 서클 7로 되돌아가겠지만, 다른 의미로 말하면 그만큼 많은 양의 마나가 마력인형에 사용되었다는 걸 뜻하기도 했다.

"내 마나라면 하루에 한 시간 정도 움직일 거다."

특유의 긴 금발은 마리에타와 똑같았지만, 매서운 눈매와 표정만큼은 엘레노어를 쏙 빼닮았다.

"서클은 너와 똑같은 5. 하지만 마법 실력은 지금의 나로 맞춰놨다."

"!"

"네가 할 일은 극히 간단하다. 이 마력인형을 쓰러뜨릴 때까지 상대하면 돼. 단, 아까 말했다시피 이 인형은 하루에 한 시간밖에 구동하지 못한다. 다시 말하면 한 시간 이내로 쓰러뜨리지 못하면 안 된다는 말이지."

"정말 나와 거의 흡사해……. 믿을 수 없어."

"넌 절실하게 깨닫게 될 거다. 네가 가진 잠재력이 얼마나 대단한지, 그리고 그걸 살리지 못하는 네가 얼마나 약한지를."

엘레노어의 도발에 마리에타의 표정이 진지하게 변했다.

이 인형을 쓰러뜨린다면 조금이라도 더 엘레노어의 위치에 접근할 수 있다는 이야기이다.

엘레노어가 마력인형의 머리를 붙들었다 손을 떼자, 순식간에 모습을 감추었다.

"6층에 있는 수련장에 놓아두었으니 그곳에서 상대하도록."

"알겠어요."

"참고로 지금의 넌 10분도 채 버티지 못할 거다. 아니, 5분도 힘들 거야."

"해보지 않고선 몰라요."

5

마법진을 통해 암흑의 숲을 빠져나간 레이지 일행은 콜드란세가 있는 베르시아의 길에 도착했다.

마리안느가 걸어놓았던 은신 마법 덕분에 콜드란세는 그 누구의 눈에도 들키지 않았다. 레이지가 은신 마법을 풀자 카트린느는 마부석에, 나머지 인원은 마차 안에 올라탔다.

"마리에타님도 없고, 마리안느도 없고⋯⋯. 아름다운 여성 하나 없는 마차 안은 참으로 살풍경이로군요."

남자 셋만 있는 상황인지라 오를레앙의 입에서 절로 탄식이 터져 나왔다. 더군다나 레이지에게 일방적으로 적대감을 표하는 쉐스 덕분에 분위기는 싸늘하게 변했다.

"휴, 가까스로 어떻게든 되었군."

레이지는 총 열 개의 마나 억제용 반지를 낀 양손을 연달아 뒤집으며 한숨을 내쉬었다. 기본 서클이 4로 올라간지라 예전보다 네 개를 더 착용하고서야 서클 1로 낮출 수 있었다.

'아직까진 함부로 내 마법 실력을 남에게 보일 순 없지.'

비록 엘레노어와 만나서 원하는 바를 이루었다 해도, 앞으로 그가 가야 할 길은 한참 남았다.

'조급하게 굴지 말자. 제이워드가 지녔던 침착함과 냉정함을 잃지 말아야 해. 앞으론 예전에 보여줬던 어설픔이 조금이라도 튀어나오면 곤란해.'

엘레노어를 통해 영혼 전이 마법의 부작용을 확인한 이상, 젊었을 때의 성격이 튀어나오는 걸 억제해야 한다. 남들 앞에서는 물론 전투 시에도. 옛 동료는 의외로 젊을 적 성격을 맘에 들어했지만.

"그러면 출발하겠습니다."

카트린느가 말고삐를 내려치자, 마차 콜드란세가 천천히 이동하기 시작했다.

*   *   *

그로부터 열흘이라는 시간이 흘러갔다.

베르시아의 길을 통해 남쪽으로 내려가, 칼루아 왕국과 길레터 왕국을 거쳐 졸다크 왕국의 국경선을 넘었다.

마차 콜드란세의 빠른 속도와 이동 중 오를레앙의 하차를 절대 허용하지 않은 카트린느의 방침 덕분에 예상보다 빨리 졸다크 왕국에 들어갈 수 있었다. 아름다운 여성을 수십 명이나 지나쳐 버린 사태에 오를레앙은 내내 투덜거렸지만, 그에게 딴지를 걸어줄 마리안느와 마리에타가 없어서인지 나중에는 입을 꾹 다물었다.

"드, 드디어… 그분을 뵙게 되는 건가!"

그러나 오늘의 오를레앙은 뭔가 달랐다.

"두근거리십니까?"

"당연하지 않습니까!"

졸다크 왕국의 수도 소르빈느 성에 가까워지자 오를레앙

은 들뜬 마음을 주체할 수 없었다.

"30대의 나이에 벌써 오러 유저 최고의 경지에 다다른 프레드릭 경입니다! 검제 프레드릭 경이라고요! 당신과 함께 제국을 박살 낸 영웅을 만나러 가는데 어찌 가슴이 떨리지 않겠습니끼?"

순수한 오러 유저만 느낄 수 있는 최고의 쾌감이었다. 오를레앙은 이 기쁜 마음을 다른 이들과 나누고 싶었다.

쉐스는 계속 침묵만 지키고서 마법서만 읽고 있었고, 레이지는 옛 친구를 만나러 가는 거라 오를레앙처럼 들뜨진 않았다. 결국 오를레앙은 마차가 달리는 중임에도 창문을 열어 얼굴을 밖으로 내밀었다.

"카트린느, 그대도 설레이나?"

"물론입니다."

"허, 그대가 이렇게 솔직하게 대답하는 건 처음 보는데?"

평소의 카트린느라면 '위험하니 도로 들어가십시오' 라고 차갑게 대답했을 것이다. 마차를 몰면서 정면을 바라보는 그녀의 눈동자에 설레임이 가득했다.

"저 역시 오러 유저입니다. 프레드릭 경은 오러의 극에 도달한 몇 안 되는 영웅이십니다. 그런 분을 만나는데 어찌 두근거리지 않겠습니까?"

"말이 통해서 기쁘군!

"이제야 마리안느의 심정이 이해가는군요. 전 그나마 한 분이지, 그녀는 무려 대마법사 두 명 앞에 서야 하지 않았습니까?"

만일 프레드릭과 동행하게 된다면 마리안느처럼 가르침을 받고 싶다는 속내도 있었다. 그러나 오를레앙의 곁을 지키는 유일한 입장이라 힘들다는 걸 알기에 겉으로 드러내지 않았다.

"그렇다고 위험하게 고개만 빼꼼 내미시면 안 됩니다."

"하하! 내 마음을 알아주기만 하면 돼!"

오를레앙은 얼굴을 집어넣고 좌석에 앉았다.

절로 콧노래가 술술 나왔다. 제이워드와는 또 다른 매력을 지닌 다섯 영웅 중 하나를 1초라도 더 빨리 만나고 싶은 마음이었다.

하지만 그와 반대로 레이지의 얼굴은 그리 밝지 못했다.

'그 녀석, 괜히 쓸데없이 고생하고 있는 거 아닐까?'

같이 전쟁터에 나가던 때, 그는 곧잘 모국의 보안 의식이 너무 결여되었다고 한탄한 적이 몇 번 있었다. 제국의 직접적 침공을 한 번도 받지 않은 나라가 범하기 쉬운 실수 중 하나였다.

만일 프레드릭이 그 '편지'를 받았다면 분명히 제국 잔당을 색출해 응징해야 한다고 강하게 주장할 것이다. 그리고 대

다수의 귀족들은 떨떠름한 반응을 보일 것까지 자연스레 연상되었다.

편지를 받지 않을 가능성도 있지만, 어디까지나 최악의 상황을 상정하고 대응하는 게 배제하는 것보다 훨씬 낫다.

'그나저나, 저 녀석 시선이 엄청 거슬리는군.'

쉐스는 마법서를 읽는 척하며 레이지에게 반감 섞인 시선을 계속 보냈다. 하루 이틀이라면 그럭저럭 버틸 수 있겠지만, 그것이 열흘 동안 이어진다면 예전의 제이워드라도 참기 힘들다.

"싫다면 싫다고 말을 하든지 해."

레이지의 투덜거림에 쉐스는 마법서를 덮었다. 마치 레이지의 반응이 나오기를 기다렸다는 표정이었다.

"네, 알겠습니다. 전 레이지 당신이 마음에 들지 않습니다."

"어, 어이! 분위기 이상해지게 왜 그러나?"

쉐스는 마리에타와 다른 의미로 그를 레이지라는 이름으로 불렀다.

'스승님을 버릴 때는 언제고⋯ 염치없이 얼굴을 들이미는 건 뭐야?'

그는 제이워드의 사망 소식을 들은 후 유독 창문 밖을 조용히 바라보는 엘레노어를 봐야 했다. 멍하니 먼 곳을 응시하는 스승을 옆에서 볼 때마다 제이워드에 대한 반감은 커져만 갔다.

그런 제이워드가 바로 옆에 앉아 있으니 당장에라도 속이 터지기 일보직전이었다.

"저와 대결이라도 해보겠습니까? 진다면 스승님과 다시는 만나지 않겠다고 맹세하십시오."

"내가 왜?"

레이지의 입에서 가벼운 웃음이 터져 나왔다.

무언가를 걸고 하는 대결만큼 그에게 유치한 건 없었기에.

"혜에, 질까 봐 겁나십니까? 대마법사로 소문난 제이워드가 겁쟁이였다니 실망이로군요."

"응, 당연히 겁나지."

레이지는 순순히 자신의 입장을 받아들였다.

힘을 가졌을 때나 지니는 자신감은 없을 땐 당연히 버려야 한다. 게다가 이런 하찮은 도발에 예전의 불같은 성격을 드러낼 필요는 없었다.

"넌 서클 4, 클래스 4의 세이지라고. 능력 자체만으로 놓고 보면 네가 지금의 나보다 더 강하지. 안 그래?"

"당신은 지금의 자신보다 강한 자들과 싸우러 가는 게 아니었습니까?"

"그야 그들은 내가 전력을 다해 이길 경우, 그만한 가치와 만족이 따라오니까. 그런데 널 이겨봤자 얻는 이득이 뭐지?"

"이익이 걸리지 않으면 승부 따위 하지 않는다는 말입니까?"

"반대로 물어보겠다. 이익이 걸리지 않은 승부 따위 해서 무슨 소용이 있지?"

레이지는 조금도 흥분하지 않고 차분히 말을 이어갔다. 처음 냈던 짜증은 이미 사라진 지 오래였다.

반대로 쉐스는 레이지의 흔들리지 않는 태도에 인상을 찌푸리고선 입을 다물었다.

"그런데 이렇게 유치한 말장난을 거는 이유를 모르겠군. 내 실제 나이를 모르는 건 아닐 텐데?"

"서클 0 마법의 부작용이 어떤 건지 알고 있습니다. 그래서 한번 떠본 겁니다. 쳇……."

그는 덮었던 마법서를 다시 펼쳐 들었다.

말로라도 레이지에게 이기려던 시도가 무산되자 더 이상 이야기를 나눌 필요성을 못 느꼈다.

"그런데 이렇게 말싸움 할 때가 아닌 거 같아."

레이지는 검자루에 손을 가져가며 신경을 곤두세웠다.

쉐스는 미리 룬 문자를 읊으며 주문을 준비했다. 오를레앙은 창문 밖으로 고개를 내밀어 정면을 바라봤다.

"콜드란세의 속도라면 그냥 지나치… 기엔 무리가 되었

군요."

"게다가 상대들도 만만치 않을 겁니다."

누군가가 일부러 베어낸 나무들이 길 한복판에 덩그러니 자리 잡고 있었다. 카트린느는 고삐를 잡아당기며 마차의 속도를 줄였다.

콜드란세가 완전히 멈춰서자, 길 양쪽 옆에 이어져 있던 수풀 속에서 차례대로 괴한들이 모습을 드러냈다. 카트린느는 마부석에서 일어선 뒤 도를 뽑아 들었다.

"자, 그걸 쓰라고."

"알고 있었습니까?"

"네 입모양만 봐도 무슨 주문인지 다 알아."

레이지의 말에 쉐스는 못마땅해하면서도 주문을 완성했다.

순간 콜드란세를 뒤덮는 마법진이 형성되더니 주변으로 하얀 연기가 천천히 깔리기 시작했다.

눈만 드러낸 복면을 쓴 괴한들은 총 열 명.

하지만 서클 5의 수면 마법임에도 그들은 단 한 명도 쓰러지지 않았다.

"호오, 수면 마법에 대한 대비까지 하다니. 이제까지 절 노리던 암살자들과 다른 거 같습니다."

지난번 각료 회의 이후, 오를레앙을 적대시하던 세력 중 가장 큰 위치를 차지하던 나레시안은 세금 횡령 및 여러 가지 법률 위반으로 검거된 터였다. 그 외 다른 귀족들도 체포되어 감옥 신세를 지고 있다.

가장 큰 구심점을 잃은 이들이 발렌시아에서 멀리 떨어진 타국에 암살자를 보내기엔 무리다.

"혹시 '그들' 이 눈치챈 건……."

"저의 정체까지 알아보진 않았을 겁니다. 그랬다면 고작 이 정도 인원을 투입했을 리는 없죠."

제이워드의 이름은 제국 입장에서 공포 그 자체였다.

지금의 레이지가 지닌 힘은 '공포' 였을 때와 비교조차 힘들 정도로 작아졌지만, 확실한 결판을 내기 위해선 최소 그랜드 마스터는 한 명 이상 대동했을 것이다.

"오래간만에 몸 풀기엔 딱 좋은 상대로군요."

"까다로울 수도 있습니다."

"레이지님과 함께 다니는데 이 정도는 약과겠죠."

오를레앙은 마차 천장에 부착해 놓은 비상출구의 자물쇠를 땄다. 그리고 뛰어오르려고 했지만 레이지가 그의 옷자락을 붙들고 제지했다.

"잠시만 기다려 보죠."

처음 시도한 마법이 실패해서인지 쉐스는 짜증 섞인 표정으로 다음 주문을 완성했다.

휘이이잉!

마차를 중심으로 강렬한 바람이 몰아쳤다. 뒤이어 바람을 타고 하얀 눈보라가 마차에 접근하던 괴한들을 덮쳤다. 그 사이 레이지는 기껏 꼈던 열 개의 반지를 급하게 뽑아냈다.

"내 콜드란세를 멋대로 멈추게 한 대가를 치러야겠지?"

마차 위에 당당히 올라선 오를레앙의 목소리가 울려 퍼졌다. 어느새 그들은 쉐스의 빙결 마법에 얼어붙은 다리를 화염 마법으로 녹이고 있었다.

"간다!"

오를레앙이 높이 도약하면서 보검 아르젠트를 뽑아 들었다.

Chapter 35
적으로 나타난 전우

1

"…료 테스(땅이여, 솟아올라라)!"

거대한 암석이 땅속에서 하나씩 솟아오르더니 레이지와 마쉐스를 둘러싼 방벽이 되었다. 암살자들은 갑자기 나타난 암석에 화들짝 놀라 뒤로 물러섰고, 그 사이 쉐스의 마법 윈드 와이번이 완성되었다.

쿠오오오.

윈드 와이번의 웅장하고도 거대한 몸집이 나타나자 암살자들의 머리 위에 그림자가 드리워졌다. 거센 바람이 칼날처럼 날카롭게 주변을 뒤덮었다.

하지만 암살자들은 윈드 와이번의 범위를 파악하고서 멀리 떨어진 곳으로 대피했다. 쓸데없이 마나만 낭비해 버린 쉐스의 얼굴이 잔뜩 일그러졌다.

하지만 워낙 넓은 마법 범위 덕분에 암살자들이 접근하지 못하게 만드는 역할만큼은 확실히 해냈다. 세 번째 마법진이 땅바닥에 가라앉으면서 레이지의 트리플 캐스팅이 완성되었다.

딱!

손가락을 튕기는 소리가 울려 퍼지며 열 개의 화염구가 레이지의 머리 위에 크게 자리 잡았다. 그와 동시에 암살자들이 서 있는 지면이 마구 흔들리면서 금이 가기 시작했다.

균형 감각을 잃은 암살자들의 머리 위로 화염구가 쏟아졌다. 몇 명은 오러를 전개해서, 나머지는 마나의 장벽을 구현해 막아냈지만 그러지 못한 이들은 불길에 휩싸여 몸부림을 쳐야 했다.

"크억!"

블링크로 적들 사이로 과감하게 파고든 레이지의 검이 마법을 시전 중이던 암살자의 등을 관통했다. 그리고 연달아 블링크가 이어지며 주위에 있던 적들을 향해 한 번씩 검을 찔러 넣었다.

"쳇!"

레이지는 겨우 두 명만을 해치운 것에 불만을 터뜨렸다. 반면 오러와 마법을 번갈아가며 사용하는 그를 본 암살자들은 혼란에 빠졌다.

"쉐스, 지금이야!"

레이지의 신호에 쉐스는 성서 위에 손을 얹고 기도문을 외웠다.

신성력이 주변에 퍼지면서 지면을 뒤덮었다. 그 위에 서 있던 암살자들 중 매직 유저들은 시전 중이던 마법이 모조리 취소되었다.

"치, 침묵? 홀리 유저?"

"아냐, 세이지다! 그렇다면……."

"쉐스! 베르시아 교단의 쉐스였어!"

이제까지 계속 침묵을 지키고 있던 암살자들 사이에서 당황한 목소리가 튀어나왔다.

그들이 입수한 정보에 따르면, 오를레앙과 동행하는 이들의 실력은 각각 랭크 3과 4의 오러 유저와 서클 4와 5의 마나 유저였다.

막상 접하고 보니 원래 있던 여마법사 두 명이 빠져나가고 서클 4의 새로운 마법사가 끼어 있었다. 이에 반해 암살자들 중엔 소드 마스터가 세 명이나 포함되어 있다. 쉽지는 않아도 부하들 몇 명 희생하는 정도에서 성공할 거라 예측했다.

그러나 오러 유저로만 알고 있던 레이지는 마법까지 사용했고, 새 마법사는 세이지 쉐스였다.

"우… 억."

쉐스의 등장에 시선을 빼앗겼던 암살자의 가슴을 레이지의 검이 대각선으로 베어냈다.

'좋았어. 오를레앙과 카트린느가 소드 마스터들을 잘 상대해 준 덕분이야.'

레이지가 파악한 랭크 5의 소드 마스터만 해도 세 명.

나머지는 서클 3의 마법사가 네 명, 랭크 3의 오러 유저가 세 명으로 구성되어 있었다.

그 중 소드 마스터 두 명을 오를레앙 혼자서 전담해 상대하고 있었다. 보검 아르젠트의 위력은 동등한 랭크의 오러 유저와 팽팽하게 맞서기에 충분했다.

남은 한 명은 카트린느가 맡았다. 비록 랭크에서는 뒤지지만 스피드를 최대한 활용한 전법으로 이기지 못해도 교묘하게 피해가며 시간을 끌고 있었다.

레이지는 마법과 오러를 맘껏 사용해 적들을 상대했다. 트리플 캐스팅의 사용에는 잠시 주저했지만, 이제까지의 사례로 판단해 문제없다고 결론지었다.

'어차피 트리플 캐스팅을 쓴다는 이유만으로 제이워드 본인이라 생각하는 이들은 없었어. 제이워드가 다른 얼굴이나

체형으로 변장했다고 치기엔 내 마나는 낮기도 하고. 게다가 이런 상황에선……'

실력을 감추고 자시고 할 것 없이 적극적으로 싸워야 했다.

'이제 남은 놈들은 다섯 명.'

상대의 마나 유저 두 녕은 세속 유지 중인 쉐스의 침묵 때문에 완전히 무용지물인 상태. 저들을 해치우는 건 시간문제였다.

2

말을 타고 한 남자가 빠른 속도로 질주하고 있었다.

2미터에 달하는 키에, 오랜 전투 경험을 나타내는 빛바랜 플레이트 아머를 걸치고 있는 그의 얼굴엔 투구가 씌워져 있었다.

그는 말을 몰면서도 정신을 집중해 오러의 기운을 탐지 중이었다. 멀리서도 느껴지는 강렬한 오러가 하나씩 사라지고 있었다.

"이제 두 명… 아니, 한 명인가."

소드 마스터나 되는 부하들이 죽을 정도라면 상대는 절대 보통이 아니다. 그는 자신이 늦게 도착함을 아쉬워하며 고삐를 거세게 내려쳤다.

벌써 세 번째 갈아탄 말이었지만, 그의 육중한 덩치를 버텨 내면서 달리다 보니 거친 숨을 내쉬며 입에서 침이 줄줄 흘러내렸다.

"랭크 5의 소드 마스터가 세 명이나 있으니 실패할 가능성은 적 겠지만… 아무래도 뭔가 불안한 기분이 들어요."

그는 '그녀'의 말을 되새기면서 자신의 몸에서 뿜어져 나오는 오러의 기운을 억제했다. 워낙 강한 오러를 지녔기에 민감한 감각을 지닌 이들이라면 그의 존재를 멀리서도 알아채버리기 때문이다.

"당신은 최악의 경우를 대비한 보험이에요. 만약, 의도치 않은 상황이 발생한다면 댁이 마무리를 지어줘야 해요."

발렌시아의 왕자, 오를레앙의 도착이 예상보다 빨랐기에 그는 뒤늦게 소식을 접하고 홀로 말을 타고 하루 종일 달려왔다.

"나르디안, 당신의 예감은 무서울 정도로 잘 들어맞는군."

3

"쿨럭……"

보검 아르젠트의 검끝이 상대의 복부를 관통해 등을 뚫고 나왔다. 등과 배, 그리고 벌린 입에서 피가 주르륵 흘러내렸다.

오를레앙은 손으로 시체를 밀어 아르젠트를 빼낸 뒤, 손수건으로 검날에 묻은 피를 닦아냈다.

"휴우……. 힘겨운 상대였습니다."

오를레앙의 얼굴과 목에 땀이 쉬지 않고 흘러내리고 있었다. 혼자서 동급의 소드 마스터 두 명을 상대하기란 아르젠트의 힘으로도 확실히 벅찼다.

양쪽 어깨와 허벅지에 부상을 입은 카트린느는 마차 바퀴에 등을 기대고 앉아 있었다. 그녀는 지혈 포션을 꺼내려고 했지만 쉐스가 고개를 가로저으며 힐링을 시전했다.

백색 빛에 감싸인 쉐스의 두 손에서 신성력이 발산되었다. 눈에 보일 정도의 빠른 속도로 베인 살점이 도로 붙었고, 흘러내린 피가 가루가 되어 아래로 후두둑 떨어졌다.

"감사합니다, 쉐스님."

"이 모든 건 베르시아님의 가호 덕분입니다."

쉐스는 성직자다운 근엄한 얼굴로 성호를 그었다.

오를레앙은 시체가 된 암살자들의 두건을 하나씩 벗기며

일일이 얼굴을 확인했다. 레이지는 그들의 옷 안을 뒤지면서 이들이 어디에서 왔는지 근거를 찾으려 했지만 아무런 소용이 없었다.

"소드 마스터 중에 아는 얼굴은 없습니까?"

레이지의 질문에 오를레앙은 고개를 가로저었다.

"발렌시아 출신이 아닌 것만은 알겠지만, 그것만으로는 도움이 될 수 없겠지요."

"하지만 명색이 소드 마스터들인데, 인상착의를 기록해서 알아본다면 어느 국가 출신인지는 알 수 있을 겁니다."

레이지는 콜드란세 안으로 들어가더니 몇 장의 종이를 꺼내 시체가 된 소드 마스터들의 얼굴 위에 한 장씩 살며시 올려놨다.

"목을 베어가는 게 더 효과적이지 않습니까?"

"처음부터 베어져 있다면 모를까, 굳이 죽은 시체를 일부러 손상시키면 나중에 일이 복잡해질 겁니다. 게다가 쉐스가 뻔히 보고 있는 상황에선……."

"아, 그렇군요."

베르시아 교단의 교칙 중 하나는 일단 죽은 자의 육체에 인위적인 상해를 가해서는 안 된다는 항목이 있다. 당연한 이야기이지만 시체 해부의 경우 중대한 교칙 위반으로 감안되며, 심할 경우 파문으로까지 이어진다.

레이지는 종이 위에 잉크를 몇 방울씩 떨어뜨린 뒤 주문을 외웠다. 그러자 잉크가 서서히 퍼져 나가며 덮고 있는 자들의 얼굴 형체를 그려내기 시작했다.

"한 10분 정도면 끝날 겁니다. 그 사이 앞을 가로막고 있는 나무들이나 치우도록 합시다."

"그냥 마법으로 날려 버리면 안 됩니까?"

"또 이런 경우가 생길지 모르니 마나를 아껴두는 게 낫습니다."

레이지와 카트린느, 그리고 오를레앙은 서로 힘을 모아 나무들을 치우기 시작했다. 두께가 1미터가 넘는 나무들이라 꽤 무거웠지만, 오러를 부여해서 드는 식으로 옆으로 옮겼다.

그 사이 쉐스는 방금 전 레이지가 시전할 때의 입놀림을 되새기며 어떤 주문식을 읊었는지 유추 중이었다.

'아무래도 내 기억에 의하면……'

그는 마법서를 펼쳐 들고 페이지를 휘리릭 넘겼다. 그리고 빈 페이지를 찾아내더니 검지 끝에 마나를 불어넣어서 글자로 적기 시작했다.

"!"

레이지는 등 뒤에서 누군가의 오러를 감지하고 급히 뒤돌아섰다.

"전하, 뭔가 느껴지지 않습니까?"

"네?"

어깨에 하나씩 커다란 나무를 짊어지고 있던 오를레앙은 영문을 모르겠다는 반응만을 보였다. 혹시나 하는 생각에 시체들을 둘러봤지만 죽은 육체에서 오러가 느껴질 리 만무했다.

'점점 다가오고 있어. 도대체 뭐지?'

레이지는 나무를 내려놓고서 시선을 먼 곳으로 옮겼다.

"누군가 다가오고 있습니다."

시야에 하나의 점으로 보이던 물체는 점점 빠른 속도로 다가오더니 구체적으로 모습을 드러냈다.

갈색의 말을 타고 오는 기사였다. 오를레앙과 카트린느는 들고 있던 나무를 내팽개치고 검을 뽑아 들었다.

'한 명? 겨우 한 명으로 이들을 지원하러 올 리는…… 어.'

말에 비해 위에 타고 있는 기사의 덩치가 생각보다 훨씬 컸다. 게다가 점점 다가올수록 이유를 알 수 없는 두려움이 느껴졌다.

'아차! 오러를 일부러 감추고 다가왔어!'

레이지로부터 10미터 앞에서 멈춰선 그는 고삐를 잡아당기며 말을 멈춰 세웠다. 두 발을 땅에 딛는 순간, 그를 태우고 왔던 말은 옆으로 드러눕더니 하얀 거품을 내뿜었다.

"저, 저 사람 키가……."

2미터는 훌쩍 넘는 키에 전신을 플레이트 아머로 둘러싸고 있었다. 저 정도로 거대한 덩치는 레이지가 기억하는 한 단 두 명밖에 없었다.

'베른이었어!'

"모두 조심하십시오!"

레이지는 뒤늦게 그의 정체를 알아내고 급하게 마법을 시전했다. 뒤이어 쉐스가 룬 문자를 읊었고 오를레앙과 카트린느가 전신을 오러로 감쌌다.

4

"흠!"

베른은 양 주먹을 움켜쥐며 기합을 내질렀다.

그러자 그가 억제하고 있던 오러가 빠른 속도로 지면을 타고 전 방향으로 퍼져 나갔다.

"아악!"

"으윽!"

레이지와 쉐스가 구현했던 마나의 장벽이 허무하게 박살 나버렸다. 오를레앙은 어깨와 머리를 짓누르는 강한 압박에 왼쪽 무릎을 꿇고 식은땀을 비 오듯 흘렸다.

"이, 이렇게 강한 오러는… 쿨럭!"

카트린느는 아예 땅바닥에 얼굴이 처박히며 쓰러져야 했다. 간신히 고개를 들어 옆을 바라보자, 베른의 오러에 모든 시체들의 얼굴이 짓눌려서 도저히 알아볼 수 없게 변해 버렸다.

"이, 이렇게 강한 오러는 처음이야……."

오를레앙은 핏기가 싹 사라진 얼굴로 중얼거렸다.

레이지는 등 뒤로 왼손을 숨긴 뒤 땅바닥에 그의 이름을 적었다.

"!"

순간 오를레앙과 카트린느, 쉐스의 표정이 경직되었다.

베른은 등 뒤에 메고 있던 대검을 꺼내 들고 양손으로 움켜쥐었다.

"그랜드 마스터를 만나고 싶긴 했지만… 이런 식은 아니었는데."

오를레앙은 비틀거리면서 천천히 몸을 일으켰다. 카트린느는 입가에서 흘러내리는 피를 손등으로 닦아내며 그의 앞에 섰다.

"우욱……. 전하, 여기는 저에게 맡기시고……."

하지만 오를레앙은 거칠게 그녀를 뒤로 밀쳐 냈다.

"카트린느, 그대는 도망치도록. 가장 가까운 성이나 마을로 가 도움을 청해라."

"쿨럭……! 전하!"

"그대의 검은 저자에겐 통하지 않아! 도망치라고!"

베른은 둘의 대화를 가만히 지켜보고 있었다.

그 사이 쉐스가 몰래 주문을 읊기 시작했지만, 이를 알아챈 베른은 다시 한 번 오러를 발산했다.

"크윽!"

쉐스는 들고 있던 마법서를 떨어뜨리더니 오러의 압박을 이기지 못하고 두 무릎을 꿇어버렸다. 레이지 역시 머릿속으로 외우던 주문이 취소되면서 주저앉아 버렸다.

"우선 그대의 목부터 취하겠다, 오를레앙."

베른의 묵직한 음성이 오러에 실려 퍼져 나갔다.

그는 한쪽 무릎을 꿇은 상태에서도 고개만은 빳빳이 들고 있는 오를레앙의 목 위에 검을 천천히 가져갔다.

'이 정도로… 베른의 오러가 강했던가.'

아군일 때는 그 덕분에 마음놓고 주문을 구사할 수 있었다. 하지만 적으로 만나게 되니 상상을 넘어서는 오러에 정신을 잃을 정도였다.

'이대로 쓰러질 순 없어! 이제 겨우… 복수를 시작하게 되었는데!'

레이지는 혼신의 힘을 다해 룬 문자를 읊기 시작했다. 그리고 동시에 마나를 순환시켜 오러를 구현하기 위해 구슬땀을 흘렸다.

'되었어!'

오러가 온몸을 감싸자 약간이나마 전신을 짓누르는 압박감이 덜해졌다. 시야가 심하게 흔들렸지만 이에 아랑곳하지 않고 마법을 끝내 완성시켰다. 그리고 검을 양손으로 움켜쥐었다.

"!"

베른은 급히 주변에 퍼뜨렸던 오러를 몸 안으로 거두어들였다. 레이지의 융합 공격이 베른의 얼굴 왼쪽을 스치고 지나갔다.

"쉐스! 넌 전하를 최대한 지원하도록 해! 난 신경 쓰지 말고!"

일대를 짓누르던 오러가 사라지자 나머지 일행들은 다급히 뒤로 물러섰다. 쉐스는 마법서를 급히 뒤집어 성서로 바꾼 뒤 힐링을 오를레앙에게 시전했다.

"크윽……."

그저 정신력만으로 베른의 오러를 버티고 있던 오를레앙은 뒤늦게 고통을 깨닫고 신음을 내뱉었다. 레이지는 조금이라도 더 시간을 벌기 위해 붉은 오러로 휘감긴 검을 마구 휘두르며 베른을 상대했다.

'내 오러가 뚫리다니? 랭크 7의 오러가?

베른은 왼쪽 뺨에 베인 상처에서 피가 흘러내리는 걸 느꼈다. 절대 있을 수 없는 일이었다.

'그렇다면⋯⋯.'

베른은 본능적으로 오를레앙보다 레이지를 우선적으로 처치해야 한다고 판단했다.

"하아앗!"

베른은 고함을 터뜨리며 오러를 발산시켰다.

하지만 그걸 예측한 레이지는 미리 외워두었던 주문을 발동시켰다.

"크헉!"

두 겹으로 겹쳐진 마나의 장벽이 박살 나면서 레이지의 몸이 뒤로 주루룩 밀려났다. 그러나 레이지는 멈추지 않고 베른을 향해 돌진했다.

"베르시아님이시여! 저와 뜻을 함께한 이들에게 크나큰 용기를!"

힐링을 마친 쉐스의 입이 기도문을 외쳤다.

그러자 레이지와 오를레앙, 그리고 카트린느의 몸이 신성력을 나타내는 빛에 휘감겼다.

"조, 좋아! 이 정도라면!"

오를레앙은 왼손 주먹을 움켜쥐며 힘이 차오르는 걸 느꼈다. 여전히 베른의 오러로 인해 압박감이 느껴졌지만 움직일 수 없는 수준은 아니었다.

"아르젠트여! 숨겨진 힘을 바로 지금!"

오를레앙이 베른을 향해 아르젠트를 내밀었다.

레이지는 검을 휘두르는 척하며 블링크로 멀리 후퇴했다.

그러자 아르젠트의 검자루에 박혀 있는 보석이 붉은색이 아닌 푸른색을 발산했다. 커다란 원형의 빛이 베른을 감싸더니 하늘을 향해 치솟았다.

쿠구궁!

베른의 몸이 빛에 이끌려 공중에 떠올랐다가 큰 소리를 내며 아래로 떨어졌다. 그가 내려앉은 자리에 금이 쫙쫙 이어지더니 아래로 푹 꺼져 버렸다.

"이, 이걸로 끝인가?"

오를레앙은 거친 숨을 헐떡이며 아르젠트를 떨어뜨렸다. 그리고 앞으로 풀썩 쓰러졌다.

하지만 베른은 꿇었던 왼쪽 무릎을 펴고 다시 일어섰다. 그리고 대검을 머리 위로 높이 치켜들었다.

그의 목표는 다름 아닌 레이지. 이제까지 한 번도 본 적이 없는 힘을 소유한 이상, 반드시 죽여야 했다.

"…디 카스(얼어붙어라)!"

"!"

눈보라가 휘몰아치며 베른의 전신을 순식간에 휘감았다.

발목부터 천천히 위로 올라오는 얼음은 그의 허리를 지나 가
슴, 그리고 머리까지 가두어 버렸다.

'누, 누구지?'

방금 쓴 빙결 마법은 서클 6의 블리저드.

지금의 레이지는 물론 쉐스도 구현이 불가능하다.

레이지는 모두의 시선이 자신의 등 뒤를 향하는 걸 알아챘
다.

"휴우, 아직 안 늦었군요."

눈 아래를 가리고 있는 검은 가면으로부터 젊은 여성의 목
소리가 흘러나왔다.

"다행입니다. 오를레앙 전하."

『불멸의 대마법사』 5권에 계속…

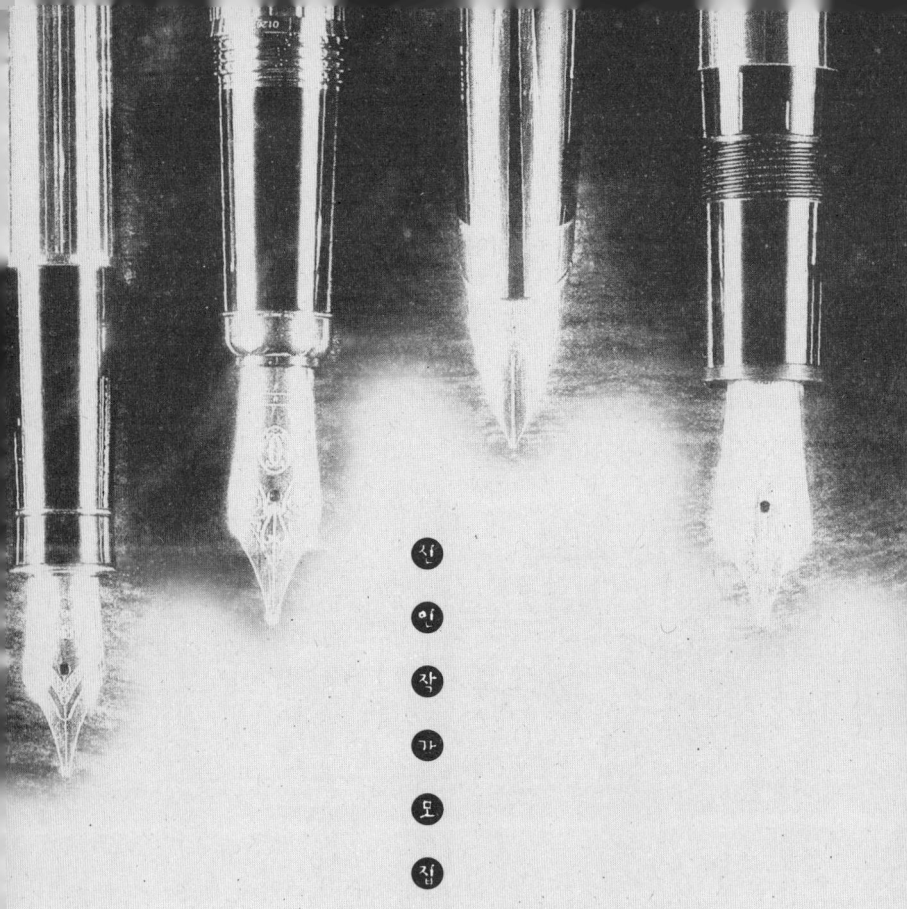

신인작가모집

시작이 반이라고 했습니다.
작가의 길에 대한 보이지 않는 벽을 과감히 깨뜨리십시오!
청어람은 작가 지망생 여러분들의
멋진 방향타가 되어드리겠습니다.

저희 도서출판 청어람에서는
소설 신인 작가분들을 모집합니다.
판타지와 무협을 사랑하시는 분들의 많은 참여를 바랍니다.
소정의 원고(A4용지 150매)를 메일이나 우편으로 보내주시면
검토 후 출판 여부를 알려드리겠습니다.

주소:경기도 부천시 원미구 심곡2동 163-2 서경B/D 2F 우편번호 420-822
TEL:032-656-4452 · FAX:032-656-4453
http://www.chungeoram.com
e-mail:chungeoram@chungeoram.com

춘부 新무협 판타지 소설
FANTASTIC ORIENTAL HEROES

천애
협로

『우화등선』,『화공도담』의 뒤를 잇는
작가 춘부의 또 하나의 도가 무협!

무림맹주(武林盟主), 아미파(峨嵋派) 장문인(掌門人),
군문제일검(軍門第一劍), 남궁세가(南宮勢家)의 안주인.

그들을 키워낸 어머니—
진무신모(眞武神母) 유월향(柳月香)!

어느 날, 그녀가 실종되는데……

"하, 할머니는 누구세요?"

무한삼진의 고아, 소량(少兩)에게 찾아온 기이한 인연.

세상과 함께 호흡을 나눌 수 있다면[天地同息]
천하의 이치를 모두 얻으리래[天下之理得]!

이제, 천하제일인과 그녀가 길러낸
마지막 자손의 이야기가 펼쳐진다!

Book Publishing CHUNGEORAM

유료이 아닌 자유추구
WWW.chungeoram.com

SWORD SLAYER

소드 슬레이어

류연 판타지 장편 소설

FANTASY FRONTIER SPIRIT

그날로 돌아간 그 순간부터 입버릇처럼 붙은 한마디.
"생각해라, 아서 란펠지."

귀족 반란에 휘말린 채 죽어야 했던 기사, 아서 란펠지.
600년 전 마룡 카브라로 인해 봉인당한 세 용사의 영혼.
버려진 이름없는 신전에서 그들이 만났을 때
운명은 또 다른 전설의 서막을 알렸다!

소드 슬레이어!

힘없이 죽어간 모든 인연들을 위하여
무력하고 허망했던 어제를 딛고
멈추지 않는 오늘을 달려 내일을 잡아라!

위선에 가득찬 검들을 향해
여섯 번째 마나 소드, 에스카룬의 검이 질주한다!

Book Publishing CHUNGEORAM

유행이 아닌 자유추구 -
WWW.chungeoram.com

정민교 新무협 판타지 소설
FANTASTIC ORIENTAL HEROES

낭인무사
浪人武士

2011년 대미를 장식할
준.비.된. 작가 정민교의 신무협이 온다!
『낭인무사(浪人武士)』

"죄수 번호 사천이백삼, 담운!"
"······!"
"출옥이다."

만두 하나.
고작 그 하나에 이십 년 옥살이를 한 소년, 담운.
그 답답하고 억울한 마음을 풀어낸다!

무림맹! 구대문파! 명문세가!
겉만 번지르르한 놈들은 다 사라져라!
겉과 속이 다른 너희들을 심판하러 내가 왔다!

Book Publishing CHUNGEORAM

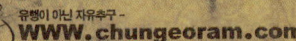
유행이 아닌 자유추구 -
WWW.chungeoram.com